선생님과 함께 읽는

서울, 1964년 겨울

물음표로 찾아가는 한국단편소설 23

선생님과
함께 읽는

서울, 1964년 겨울

전국국어교사모임 지음 ㅣ 최아영 그림

Humanist

'물음표로 찾아가는 한국단편소설' 시리즈를 펴내며

문학 교육은 아이들이 꿈을 꾸게 하기 위해 필요합니다. 그러나 요즘의 문학 교육은 참고서와 문제집을 통해서만 이루어지고 있습니다. 그래서 문학 수업은 엉뚱한 상상도 발랄한 질문도 없는 밍밍하고 지루한 시간이 되어버렸습니다. 상상의 여지가 사라지고 질문이 없는 수업은 아이들을 질리게 하고 문학을 말라 죽게 합니다. 그렇다면 어떻게 해야 문학 교육을 살릴 수 있을까요?

무엇보다 학생들이 스스로 생각을 열어 질문을 만들 수 있게 해야 합니다. 매우 상식적인 일이지만, 우리 교육 환경에서는 잘 이루어지기가 어렵습니다. 그래서 전국국어교사모임은 학생들이 스스로 생각을 열고 엉뚱한 상상과 발랄한 질문을 할 수 있는 마중물을 붓기로 했습니다. 이는 말라 버린 문학뿐 아니라 아이들의 메마른 마음에도 물을 붓는 일이 될 것입니다.

교과서에 실린 의미 있는 작품을 골랐습니다 중·고등학교 국어 교과서나 문학 교과서에 실린 단편소설 가운데 오랫동안 많은 사람들에게 널리 읽힌 작품을 골랐습니다. 교과서에 실렸다는 것은 중·고등학생들에게 유용한 작품이라는 것이고, 오래 널리 읽혔다는 것은 재미나 감동, 그리고 생각거리 면에서 어느 하나는 사람들의 마음에 들었음을 뜻하기 때문입니다.

4

전국의 학생들에게 물었습니다　전국에 있는 수많은 학생에게 소설을 읽혀보고, 그들이 궁금해하는 것을 모았습니다. 그러고 나서 의미 있는 질문거리들을 일정한 방식으로 배열했습니다.

현직 국어 선생님들이 물음에 답했습니다　전국의 국어 선생님 100여 분이 다양한 책과 논문을 살펴본 다음 질문에 대한 답을 했습니다. 이런 과정을 통해 보다 보편적인 작품의 의미에 접근하고자 했습니다.

교육과정과의 연관성을 고려했습니다　수업 현장에서 또는 학생 스스로 이용할 수 있도록 했습니다. '깊게 읽기'에서는 인물, 사건, 배경, 주제 등 작품과 직접 관련되는 내용을 다루었으며, '넓게 읽기'에서는 작가, 시대상, 독자 이야기 등을 살펴볼 수 있도록 했습니다.

'물음표로 찾아가는 한국단편소설' 시리즈는 다양하고 깊이 있는 생각을 이끌어낼 수 있는 소설 감상의 안내서 구실을 할 것입니다. 또한 작품에 대한 해석과 이해의 차원을 넘어서 문화적·사회적·역사적 정보를 폭넓고 다양하게 제시함으로써 문학 감상 능력을 향상시켜 줄 뿐만 아니라, 문학과 가까워질 수 있는 기회를 제공해 줄 것입니다.

전국국어교사모임

머리말

"당신은 파리를 사랑하십니까?"

"당신은 꿈틀거리는 것을 사랑하십니까?"

여러분이라면 이 질문에 어떻게 대답하겠습니까? "예."라고 하자니 내가 이상한 사람인 것 같고, "아니오."라고 하면 더 이상 대화가 이어지기 어려울 겁니다. 이런 질문을 주고받는 사람들은 친구가 될 수 있을까요? 〈서울, 1964년 겨울〉은 이런 황당한 화제를 이용해서라도 필사적으로 소통하려다 끝내 실패하는 사람들의 모습을 담은 소설입니다.

이 소설은 문학사적으로 두 가지 면에서 크게 평가됩니다. 우선 내용 면에서는, 역사나 사회의 무게를 짊어진 전형으로서의 인물이 아닌 진정한 의미에서의 '개인'이 소설에 전면적으로 등장하는 첫 소설이라고 평가됩니다. 평론가들은 이를 '개인의 발견'이라고 부릅니다.

다음으로 형식 면에서는, 우리말 산문 문장의 완성을 보여준다는 평가를 받고 있습니다. 대한제국과 일제강점기를 거쳐온 이전의 작가들은 한문과 일본어의 영향을 받은 문장을 써왔습니다. 그러나 김승옥은 해방된 우리나라에서 순수하게 우리말로 생각하고 우리말로 글을 쓰기 시작한 첫 세대의 작가로서 빛나는 성취를 이루었습니다.

김승옥은 이런 내용과 형식의 조화로 일상적인 대상을 세밀하게 묘사함으로써 '감수성의 혁명'을 가져왔습니다.

개미 한 마리가 방바닥을 내 발이 있는 쪽으로 기어 오고 있었다. 그 개미가 내 발을 붙잡으려고 하는 것 같은 느낌이 들어서 나는 얼른 자리를 옮겨 디디었다.

위에 인용된 장면에서 개미는 흔하고 일상적인 대상이지만 그 속에서 '개미 한 마리에게도 붙잡힐 것 같은 인간의 심리'라는 '비일상성'을 발견하는 새로운 감수성을 보여줍니다.

김승옥의 문장은 지금 읽어도 촌스럽거나 고리타분하지 않고 여전히 기발하고 새롭습니다. 단순히 문장이 뛰어날 뿐만 아니라 짧은 한마디 속에 핵심을 담아내는 솜씨 또한 절묘합니다.

벽으로 나누어진 방들, 그것이 우리가 들어가야 할 곳이었다.

김승옥은 결국 '나'와 '안'과 '사내'가 '들어가야 할 곳'이 '나누어진 방들'이라고 썼습니다. '파리'와 '꿈틀거리는 것'으로부터 대화를 시작해 통금 시간까지 술자리를 가진 '안'과 '나'가 끝내 친구가 될 수는 없음을 압축적으로 보여주는 것입니다. '벽으로 나누어진 방'은 전통적인 인간미나 공동체적인 삶을 기대할 수 없게 된 1964년 겨울의 서울 그 자체를 말하는지도 모릅니다.

이 책에서는 〈서울, 1964년 겨울〉의 내용 이해에 도움을 주는 정보와 인물의 말이나 행동에 담긴 숨겨진 의미들을 설명하였습니다. 지금, 우리의 인간관계는 어떻게 맺어지고 있는지 생각하면서 선생님과 함께 〈서울, 1964년 겨울〉을 읽어봅시다.

부산국어교사모임

차례

'물음표로 찾아가는 한국단편소설' 시리즈를 펴내며 　4

머리말 　6

작품 읽기 〈서울, 1964년 겨울〉 　11

깊게 읽기 묻고 답하며 읽는 〈서울, 1964년 겨울〉

1_ 선술집의 타인들

'서울, 1964년 겨울'은 어떤 의미인가요? 　31

인물들에게 왜 이름이 없나요? 　34

세 사람은 왜 선술집에서 만났나요? 　37

참새도 구워서 먹나요? 　40

'나'와 '안'의 대화가 좀 이상하지 않나요? 　44

데모가 뭔가요? 　48

병원에서 시체를 돈 주고 사나요? 　53

2_ 방황하는 거리

세 사람이 쓴 돈은 요즘으로 치면 얼마인가요? 　59

사내는 왜 돈을 다 쓰려고 하나요? 　63

'종삼'은 어떤 곳인가요?　66

불구경을 하면서 무슨 생각을 했을까요?　69

사내는 왜 한밤중에 월부 책값을 받으러 갔나요?　72

통행금지가 무엇인가요?　75

그들은 지금 서울 어디쯤에 있나요?　78

3_ 고독한 여관

숙박계를 거짓으로 써도 되나요?　83

방을 왜 한 사람씩 따로 잡았나요?　85

사내가 자살할 것을 어떻게 알았을까요?　88

개미가 왜 발을 붙잡는 것 같다고 느꼈나요?　91

'안'은 왜 늙어버린 것 같다고 했을까요?　93

'안'과 '나'는 도망가도 죄가 없나요?　96

넓게 읽기 **작품 밖 세상 들여다보기**

작가 이야기 - 김승옥의 생애와 작품 연보　102

시대 이야기 - 1960년대　108

엮어 읽기 - 도시, 그 쓸쓸함에 대하여　110

독자 이야기 - 인물들의 주제곡 고르기　116

참고 문헌　123

서울, 1964년 겨울

〈서울, 1964년 겨울〉의 주인공인 '나'와 '안'은 1964년에 스물다섯 살이었습니다. 이들은 일제강점기에 태어나 1945년에 해방을 맞이하고 1950년에 전쟁을 겪었습니다. 이제 좀 살 만하니까 1960년에 혁명이 일어나 대통령이 물러나는 상황을 맞이하고, 다시 1961년 군사 쿠데타가 일어나 정권이 바뀌는 일을 겪었습니다.

그로부터 3년 뒤인 1964년 겨울, 서울의 거리에서 '나'와 '안'은 만나게 됩니다. 하지만 이들은 해방도 전쟁도 혁명도 쿠데타도 관심 없고, 평화시장 가로등에 불이 켜져 있지 않다거나 쓰레기통에 초콜릿 포장지가 두 장이라거나 하는 시시한 이야기나 나눕니다. 요즘의 우리가 인생에서 한 번 겪기도 어려운 일을 너무 자주 겪어서 이들은 무거운 이야기를 이제 그만하고 싶었던 것일까요?

1964년의 겨울을 살아가는 서울 사람들의 이야기를 함께 읽어 봅시다.

1. '나'와 '안'의 만남

1964년 겨울, 서울의 선술집에서 '나'는 '안'을 만나 자기소개를 합니다. '나'는 스물다섯 살이고 시골 출신으로, 고등학교를 나와서 군대에 갔다가 지금은 구청 병사계에서 일하고 있습니다. '안' 역시 스물다섯 살이고, 부잣집 장남이며 안경을 쓴 대학원생입니다. 서로 자기소개를 하고 할 말이 없어 조용히 술만 마시다가 참새 안주가 다 구워졌을 때 '나'는 '안'에게 파리를 사랑하느냐고 묻습니다. '안'이 아니라고 하자 '나'는 실망했지만, 곧 '안'이 "김 형, 꿈틀거리는 것을 사랑하십니까?"라고 물어서 그 질문은 마음에 들었습니다. '나'는 그에 대해 준비해 둔 대답이 있었기 때문이지요. '나'는 버스에

탄 여자의 아랫배가 오르내리는 장면을 사랑한다고 말해줍니다.

'안'이 그건 오르내리는 거지 꿈틀거리는 게 아니라고 반박했다가 잠시 뒤에 그 오르내림도 꿈틀거림의 일종이라고 말합니다. 사실 '안'이 사랑하는 꿈틀거림은 예를 들면 '데모' 같은 것이었습니다. '안'이 데모 이야기를 하다가 "서울은 모든 욕망의 집결지입니다. 아시겠습니까?"라고 물었을 때, '나'는 할 수 있는 한 깨끗한 음성을 지어서 "모르겠습니다."라고 대답합니다. 대화는 끊어지고 '나'는 '안'과 대화의 수준이 맞지 않는다고 느껴 이제 그만 헤어지고 싶어졌습니다. 그때 '안'은 '나'의 손을 잡으며 조금 전의 대화가 거짓말이었던 것 같다고 하며 자기는 또래를 만나면 꼭 꿈틀거림에 대해 이야기를 꺼내지만 이야기가 이어지지 않는다고 말합니다. '나'는 '안'이 무슨 이야기를 하고 있는지 알 듯도 하고 모를 것 같기도 한 기분이 되고 맙니다.

2. 의미를 찾아서

'나'는 '안'의 태도가 너무 심각해 보여서 장난스럽게 다른 이야기를 꺼냅니다. 평화시장 앞에 줄지어 선 가로등 중에서 동쪽으로 여덟 번째 등은 불이 켜져 있지 않다는 둥, 화신백화점 6층의 창들 중에는 그 중 세 개에서만 불빛이 나오고 있었다는 둥 자기 혼자만 아는 이야기입니다.

'안'은 갑자기 오늘 저녁 7시 15분 현재 서대문 버스 정류장에는 사람이 서른두 명 있는데 그중 여자가 열입곱 명이고 어린애는 다섯 명, 젊은이는 스물한 명, 노인이 여섯 명이라고 합니다.

'안'의 반응에 '나'는 깜짝 놀라면서도 굉장히 기분이 좋아져서 두 사람은 그런 이야기를 자꾸 늘어놓습니다. 단성사 옆 골목의 첫 번째 쓰레기통에는 초콜릿 포장지가 두 장 있고, 적십자병원 정문 앞에 있는 호두나무의 가지 하나는 부러져 있고, 을지로 3가에 있는 간판 없는 한 술집에는 미자라는 이름을 가진 색시가 다섯 명 있는데, 그 집에 들어온 순서대로 큰 미자, 둘째 미자, 셋째 미자, 넷째 미자, 막내 미자이며, 서대문 근처에서 서울역 쪽으로 가는 전차의 트롤리가 다섯 번 파란 불꽃을 튀겼고, 영보빌딩 안에 있는 화장실 문의 손잡이 조금 밑에는 약 2센티미터가량의 손톱자국이 있다는 것입니다.

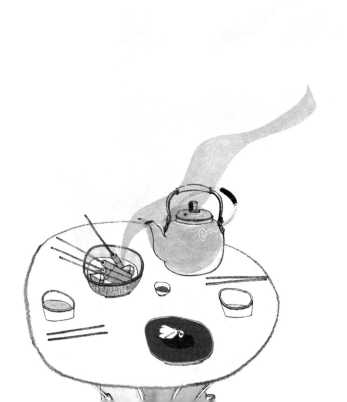

'나'는 갑자기 궁금했습니다. 어려운 학문을 공부하는 부잣집 장남인 대학원생이 왜 이런 싸구려 선술집에서 말도 안 되는 이상한 이야기를 늘어놓는 것일까요? '안'은 밤거리에 나오면 뭔가 풍부해지는 느낌이 든다, 그리고 사물의 틈에 끼여서가 아니라 사물을 멀리 두고 바라보게 된다는 말을 해서 또 '나'를 어렵게 만듭니다. 낮엔 그저 스쳐 지나가던 모든 것이 밤이 되면 그의 시선 앞에서 자기들의 벌거벗은 몸을 송두리째 드러내 놓고 쩔쩔맨다는 말까지 하며, '안'은 '나'에게 이렇게 묻습니다. "그런데 그게 의미가 없는 일일까요? 그런, 사물을 바라보며 즐거워한다는 일이 말입니다."

'나'는 사실 의미가 있어서 종로 2가에 있는 빌딩들의 벽돌 수를 헤아리거나 불 꺼진 창의 개수를 헤아리는 것이 아니어서 어리둥절해집니다. '안'은 그 '의미'를 함께 찾아보자고 하며 '나'에게 다른 술집에서 한잔 더 마시자고 권유합니다. '나'와 '안'은 각자 계산하기 위해 호주머니에 손을 넣습니다.

3. 사내와의 만남

그때 한 사내가 '나'와 '안'에게 말을 겁니다. 제법 깨끗한 코트에 머리에 기름도 얌전하게 바른, 하지만 왠지 가난뱅이 냄새가 나는 서른대여섯 살쯤 되어 보이는 사내였습니다. '나'는 사내에게 "아저씨 술값만 있다면……."이라고 말했고, '안'이 이어서 "함께 가시죠."라

고 말합니다.

술자리에서 알게 되면 의외로 재미있게 놀게 되는 일도 있지만, 사내는 너무 기운이 없어서 다음 술집으로 가는데 분위기가 가라앉았습니다. 전봇대에 붙은 약 광고판 속에서는 예쁜 여자가 '춥지만 할 수 있느냐'는 듯한 쓸쓸한 미소를 띠고 내려다보고 있었고, 어떤 빌딩의 옥상에서는 소주 광고의 네온사인이 열심히 깜빡이고 있었고, 소주 광고 곁에서는 약 광고의 네온사인이 하마터면 잊어버릴 뻔했다는 듯이 황급히 꺼졌다간 다시 켜져서 오랫동안 빛나고 있었고, 이젠 완전히 얼어붙은 길 위에는 거지가 돌덩이처럼 여기저기 엎드려 있었고, 그 돌덩이 앞을 사람들이 힘껏 웅크리고 빠르게 지나가고 있었습니다.

9시 10분 전에 그들은 중국요릿집으로 갔습니다. 사내는 "돈을

써버리기로 결심했으니까요."라는 영문 모를 소리를 하며 자기가 술을 산다고 합니다. '나'는 통닭과 술을 시켜달라고 합니다. 세 사람이 앉은 방은 어색한 침묵에 휩싸이게 됩니다.

4. 사내의 비밀

사내는 오늘 낮에 아내가 죽었다고 고백합니다. 사내의 아내가 급성 뇌막염으로 죽고 말았다는 이야기를 듣고 '나'와 '안'은 서로 눈짓을 하며 그만 헤어지고 싶어 합니다.

그런데 사내는 더욱 놀라운 이야기를 합니다. 아내의 친정이 어디인지 몰라서 친정 사람들에게 연락할 수도 없고, 자신은 서적 외교원이라서 돈도 없었고, 그래서 아내의 시체를 병원에 팔았다는 것입니다. 돈 사천 원을 받고 나와서 세브란스 병원 울타리 곁에 서서 병원의 큰 굴뚝에서 나오는 희끄무레한 연기만 바라보고 있었다고 합니다.

그러고는 무슨 생각이 들었는지 그 돈을 오늘 저녁에 다 써버리고 싶다고 하면서 '나'와 '안'에게 이 돈이 다 없어질 때까지 함께 있어달라고 부탁합니다. '나'와 '안'은 마지못해 승낙하고 말죠.

그들은 중국요릿집에서 천 원을 쓰고는 거리로 나왔습니다. 거리는 영화에서 본 식민지의 거리처럼 춥고 한산했고, 여전히 소주 광고는 부지런히, 약 광고는 게으름을 피우며 반짝이고 있었고,

전봇대의 아가씨는 여전히 '그저 그래요'라는 듯 웃고 있습니다.

그들은 돌아가며 "어디로 갈까?" 하고 답 없는 질문을 던지며 걷습니다. 사내는 갑자기 '나'와 '안'에게 넥타이를 하나씩 사 주며 "내 아내가 사 주는 거야." 하고 큰 소리로 말합니다. 600원을 썼습니다. 다음으로 사내는 귤을 파는 노점상에서 귤을 사며 '아내는 귤을 좋아했다'고 외쳤습니다. 300원을 썼습니다.

사내는 갑자기 "택시!" 하며 택시를 불러 잡고 세브란스로 가자고 했습니다. '안'이 소용없다고 해서 다시 내렸습니다. 그때 소방차 두 대가 사이렌을 울리며 지나갑니다. 사내가 다시 "택시!" 하며 택시를 잡았습니다. 그러고는 택시 기사에게 소방차를 따라가자고 합니다.

택시 안에서 '안'은 사내에게 벌써 10시 반인데 불구경보다는 더 재미있는 일을 하자고 말합니다. 아직 돈은 1900원하고 동전이 몇 개, 10원짜리가 몇 장이 남아 있습니다. 더 재미있는 곳이 '종삼'이라고 말하자 사내는 경멸하는 듯한 웃음을 지으며 고개를 돌려버렸습니다.

5. 다 써버린 돈

택시비로 30원을 썼습니다. 소방차를 따라 도착한 곳은 페인트 상점인데 불길이 2층의 미용학원까지 옮겨붙어 있었습니다. 세 사

람은 사람들 사이에서 불구경을 했습니다.
미용학원이라는 간판에 불이 붙고 있었습니다.
'원' 자에 불이 붙기 시작했습니다. '나'는 불이 좀
더 오래 타기를 바라고 있는데, '안'이 또 어려운 이
야기를 꺼냅니다. 화재 같은 것은 아무것도 아니라
며 내일 아침에 신문에서 볼 일을 오늘 밤에 미리 봤
다는 차이밖에 없으니 자기는 화재에 흥미가 없다고 합
니다. 이유는 그 화재가 '나'의 것도 아니고 '안'의 것도 아
니고 '사내'의 것도 아니기 때문이지요. '나'도 동의합니다.
소방차의 물줄기가 불타고 있는 '학'으로 달려들 때였습니다.
사내는 벌떡 일어서더니 "내 아냅니다." 하면서 아내가 불 속에서
머리를 흔들고 있다고 소리쳤습니다. 그사이 꺼졌다고 생각하고

있던 '학'에 다시 불이 붙고, 불은 날쌔게 '용' 자를 핥고 있었습니다. 그때 무언가 하얀 것이 불타는 건물 쪽으로 날아갔습니다. 순경이 달려와서 사내를 붙잡으며 불 속에 뭘 던졌냐고 물었습니다. 알고 보니 사내는 남은 돈을 수건에 싸서 불 속에 던져버린 것이었습니다. '안'이 나서서 이 사내가 불난 곳에 돈을 던지면 장사가 잘된다는 미신 때문에 그랬다고 둘러댑니다.

순경이 돌아가고 한참 뒤에 '안'이 사내에게 말합니다. "결국 그 돈은 다 쓴 셈이군요……. 자, 이젠 약속이 끝났으니 우린 가겠습니다." '나'도 "안녕히 계십시오."라고 작별 인사를 한 뒤, '안'과 '나'는 돌아서서 걷기 시작합니다.

6. 같이 있어달라는 사내

사내는 벌벌 떨며 혼자 있기가 무섭다고 '나'와 '안'의 팔을 붙잡습니다. 그리고 여관에서 오늘 밤만 같이 지내달라고 간절하게 부탁합니다.

'나'는 여관비가 아까워서 집에 가려고 했는데, 사내는 밀린 돈을 받아서 여관비를 계산해 주겠다며 나섭니다. 어느 어두운 골목길에서 사내는 어떤 집의 벨을 누릅니다.

사내는 원래 서적 외교원이었습니다. 서적 외교원은 집집마다 다니면서 비싼 책을 팔고 때가 되면 찾아가 책값을 조금씩 걷어서

출판사의 수입을 올려주는 직업이죠.

'안'은 그런 돈을 받기에는 시간이 너무 늦었다고 했습니다. 그때 대문 안에서 잠에 취한 여자의 음성이 흘러나옵니다. 사내는 "월부 책값 받으러 온 사람입니다." 하고 비명 같은 높은 소리로 외쳤습니다. 다음에는 "월부 책값 받으러 온 사람입니다." 하면서 울음을 터뜨렸습니다. 이어서 "월부 책값 받으러 온 사람입니다. 월부 책값……."이라고 사내는 계속해서 흐느끼며 말했습니다. 하지만 집주인은 내일 낮에 오라며 대문을 닫아버리죠.

사내가 한참 울고 난 뒤에 '안'이 빨리 여관으로 가자고 합니다. 여관에서 '안'은 방을 따로 잡자고 하고, '나'는 사내를 생각해서 모두 한방에 들자고 해요. 사내는 아무 말도 하지 않고 멍하게 있습니다.

여관에 들어서자 세 사람은 어찌할 바를 모르고 거북스럽기만 합니다. 여관에 비한다면 거리가 더 좋았던 셈이죠. 벽으로 나누어진 방들, 그것이 그들이 들어가야 할 곳이었습니다. '나'는 모두 같은 방에 들어가는 게 어떻겠냐고 다시 말했고, '안'은 각자 방을 하나씩 차지하자고 냉정하게 말했고, 사내는 혼자 있기 싫다고 중얼거립니다.

'나'는 마지막으로 화투라도 사서 다 같이 놀자고 말했지만, '안'은 피곤하다며 끝내 자기 방으로 들어가 버렸습니다. '나'는 어쩔 수 없이 사내를 놔두고 자기 방으로 들어갔습니다. '나'는 숙박계에 거짓 이름, 거짓 주소, 거짓 나이, 거짓 직업을 쓰고 이불을 뒤

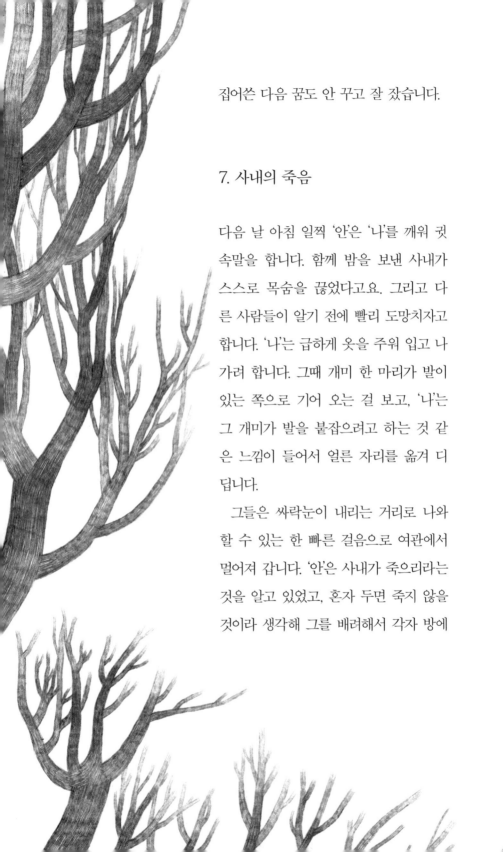

집어쓴 다음 꿈도 안 꾸고 잘 잤습니다.

7. 사내의 죽음

다음 날 아침 일찍 '안'은 '나'를 깨워 귓속말을 합니다. 함께 밤을 보낸 사내가 스스로 목숨을 끊었다고요. 그리고 다른 사람들이 알기 전에 빨리 도망치자고 합니다. '나'는 급하게 옷을 주워 입고 나가려 합니다. 그때 개미 한 마리가 발이 있는 쪽으로 기어 오는 걸 보고, '나'는 그 개미가 발을 붙잡으려고 하는 것 같은 느낌이 들어서 얼른 자리를 옮겨 디딥니다.

그들은 싸락눈이 내리는 거리로 나와 할 수 있는 한 빠른 걸음으로 여관에서 멀어져 갑니다. '안'은 사내가 죽으리라는 것을 알고 있었고, 혼자 두면 죽지 않을 것이라 생각해 그를 배려해서 각자 방에 들어가자고 한 것이었습니다. 그러나 '나'는 짐작도 못 했고, 사실 짐작했다고 해도 어떻게 할 수 있는 방법은 없었지요.

'안'은 어느 가로수 밑에서 멈춰 섰습니다. 그리고 '나'에게 묻습니다.

"김 형, 우리는 분명히 스물다섯 살짜리죠?"

그리고 자기들이 너무 늙어버린 것 같아 두려워진다는 말을 한숨처럼 내뱉었습니다. '나'는 이제 겨우 스물다섯인데 무슨 말이냐며, 막 도착한 버스를 타려고 길을 건너갑니다. '나'가 버스에 올라 창밖을 내다보니 '안'은 가로수 아래에 서서 내리는 눈을 맞으며 여전히 무언가 곰곰이 생각하는 듯 서 있습니다.

묻고 답하며 읽는
〈서울, 1964년 겨울〉

배경

인물·사건

작품

주제

1_ 선술집의 타인들

'서울, 1964년 겨울'은 어떤 의미인가요?

인물들에게 왜 이름이 없나요?

세 사람은 왜 선술집에서 만났나요?

참새도 구워서 먹나요?

'나'와 '안'의 대화가 좀 이상하지 않나요?

데모가 뭔가요?

병원에서 시체를 돈 주고 사나요?

2_ 방황하는 거리

세 사람이 쓴 돈은 요즘으로 치면 얼마인가요?

사내는 왜 돈을 다 쓰려고 하나요?

'종삼'은 어떤 곳인가요?

불구경을 하면서 무슨 생각을 했을까요?

사내는 왜 한밤중에 월부 책값을 받으러 갔나요?

통행금지가 무엇인가요?

그들은 지금 서울 어디쯤에 있나요?

3_ 고독한 여관

숙박계를 거짓으로 써도 되나요?

방을 왜 한 사람씩 따로 잡았나요?

사내가 자살할 것을 어떻게 알았을까요?

개미가 왜 발을 붙잡는 것 같다고 느꼈나요?

'안'은 왜 늙어버린 것 같다고 했을까요?

'안'과 '나'는 도망가도 죄가 없나요?

1

선술집의　타인들

'서울, 1964년 겨울'은 어떤 의미인가요?

작품의 제목은 그 자체로 작품의 얼굴이라고 할 수 있어요. 그래서 제목을 지을 때는 중심인물의 이름이나 작품 속 주요 소재가 사용되기 마련이지요. '서울, 1964년 겨울'이라는 제목은 공간과 시간으로 이루어져 있어요. 그렇다면 이 제목에는 어떤 의미가 있는 것일까요? '서울', '1964년', '겨울' 각각에 대해 알아보고 제목의 의미를 유추해 볼까요.

제목에 '서울'이 들어간 이유는 간단해요. 작품에 나오는 등장인물들이 살고 있는 곳이 서울이기 때문이지요. 하지만 중요한 것은 그들이 살던 서울이 어떤 의미를 지닌 곳이었는가 하는 거예요.

가수 조용필이 1991년에 부른 노래인 〈꿈〉에서 서울을 '화려한 도시'이자 '춥고도 험한 곳'이라고 했어요. 1960년대에도 서울은 우리나라에서 가장 화려한 도시였어요. 그러나 그런 서울의 이면에는 '춥고도 험한' 모습도 있었답니다. 입시에 실패하고 말단 공무원으로 일하는 '나', 아내를 잃고 장례조차 치러주지 못하는 '사내' 같은 인물들이 수두룩하던 곳이 서울이었으니까요.

많은 부자와 많은 가난뱅이들이 제 삶을 사느라 바쁜 도시. 소설 속에서 '안'이 말한 것처럼 온갖 욕망이 집결한 도시가 바로 서울이었습니다.

다음으로 우리나라의 1960년대는 어땠을까요? 4·19 혁명으로 시작된 이 시기. 사람들은 과거에 비해 자기 목소리를 더욱 강하게 드러내려고 했어요. 하지만 1961년에 일어난 5·16 쿠데타 이후 이어진 군부 독재 정권은 어떻게든 그 목소리를 잠재우려 하지요. 그래서 누구도 서로에게 속내를 털어놓기 어려웠던 시기가 바로 1960년대였습니다.

그런데 여기서 잠깐! 작품 제목에 굳이 '1964년'이 들어간 이유는 무엇일까요? 드라마 〈학교 2013〉이 2010년대의 학교 현실을 적나라하게 보여주는 것처럼, '1964년'은 1960년대 전반의 시대적 정서(누구에게도 깊은 속내를 털어놓기 어려운)가 작품에 드러날 것이라는 일종의 신호가 아닐까요.

마지막으로 '겨울'은 어떤 의미일까요? 동화 〈성냥팔이 소녀〉에서 소녀는 겨울의 추위 속에서 얼어 죽어요. 그런데 그녀의 죽음이 매서운 추위 때문이었을까요. 길거리에서 제대로 된 복장도 갖추지 못한 채 성냥을 팔고 있는 소녀에게 누군가 도움의 손길을 내밀었다면 소녀는 죽지 않았을지도 몰라요. 그러니 그녀는 결국 사람들의 무관심과 비인간적인 사회 분위기 때문에 죽음을 맞이했다고 볼 수 있어요. 그리고 '겨울'은 그 무관심과 비인간적인 사회 분위기를 나타내는 배경인 셈이죠. 〈서울, 1964년 겨울〉에 드러나는 분위기 역시 이와 다르지 않습니다. 제목에서 우리는 이미 그 분위기를 느끼게 되는 것이죠.

결국 '서울, 1964년 겨울'이라는 제목은 '겉으로는 화려하나 한편
으로는 갖은 욕망이 들끓고 있는 공간, 누구도 깊은 속내를 드
러내지 못했던 시대, 무관심과 비인간적인 사회 분위기'를
드러낸다고 할 수 있어요. 작품 속에서 '나'와 '안'과 '사
내'가 존재하는 공간이 그랬지요. 그러므로 눈치 빠른
독자라면 내용을 유추하는 힌트로, 그렇지 않은 독
자라면 궁금증을 유발하는 장치로 이 제목을 받
아들일 수 있을 것 같습니다.

전남 순천 출신으로 시골에 살다가 대학생이
되면서 서울로 올라오게 된 작가가 대
학을 갓 졸업하고 쓴 작품이 바로
〈서울, 1964년 겨울〉이에요. 어쩌
면 작가의 눈에 비친 공간과 시간
이 바로 이 제목에 담겨 있는지도 모르
겠네요.

인물들에게 왜 이름이 없나요?

우리 세 사람이란 나와 도수 높은 안경을 쓴 안(安)이라는 대학원 학생과 정체는 알 수 없지만 요컨대 가난뱅이라는 것만은 분명하여 그의 정체를 꼭 알고 싶다는 생각은 조금도 나지 않는 서른대여섯 살짜리 사내를 말한다.

〈서울, 1964년 겨울〉에는 인물들 이름이 드러나지 않아요. '나'와 '안'과 '사내'라는 말은 서로 다른 인물임을 나타내는 호칭일 뿐이죠. 사

실, 작가 입장에서 등장인물의 이름을 포기하는 것은 무척 불편한 일입니다. 이름을 통해 압축적으로 드러낼 수 있는 정보를 다른 방식으로 독자에게 전달해야 하니까요. 그렇다면 작가는 왜 이런 불편을 무릅쓰고 등장인물에게 이름을 붙이지 않았을까요?

인터넷에서 연재했던 〈가우스전자〉라는 웹툰의 예를 들어볼게요. 이 웹툰에 나오는 인물들은 하나같이 이름이 특이해요. 재벌 2세라는 신분을 속이고 경쟁 회사에 취직한 '백마탄', 과도한 성형으로 표정을 잃은 '성형미', 아내와 아들을 외국으로 보내고 컴퓨터 게임에 중독된 '오락중', 너무 존재감이 없어서 회사 정문 감지기에도 인식이 잘 안 되는 '나무명'과 같은 인물들이 등장하지요. 인물들의 이름은 하나같이 그들의 개성과 연결됩니다.

그렇다면 인물의 개성을 드러내고 싶지 않을 경우에는 어떨까요?

작가는 작품 속 등장인물들의 이름을 붙이지 않는 것으로 그들의 개성을 박탈합니다. 그저 그들은 군중 속의 인물일 뿐이라는 것이지요. 그리고 특별한 개인이 아니므로 '나'와 '안'과 '사내'는 오히려 1964년을 살았던 수많은 사람들을 대표할 수 있게 되는 거예요. 즉 인물들은 개성을 빼앗긴 대신 '특별할 것 없는 당시 사람들'이라는 대표성을 얻게 된 셈입니다.

또한 작품 속에서 등장인물들은 서로의 이름을 부르지도 않아요. 소설 속 화자인 '나'와 밤새 함께 술을 마시고 같은 여관에 투숙하기까지 한 '안'과 '사내'는 서로의 이름에 관심이 없어요. 미국이나 일본에서는 가깝지 않은 관계인 사람들끼리는 서로 성을 부르는 관습이 있다고 해요. 그리고 시간이 지나 가까운 사이가 되면 비로소 자신의 이름을 부르는 것을 허락한다고 하네요.

서로 이름을 부른다는 것은 아는 사이를 넘어 의미 있는 관계로 발전할 수 있음을 뜻해요. 반대로 '나', '안', '사내'가 서로의 이름을 부르지 않는다는 것은, 의미 있는 관계를 맺고 싶지 않다는 것을 뜻하죠. 그들에게 서로는 오가다 술자리에서 만나게 된 사람 이상의 의미가 아닌 겁니다. 즉 소설 속 인물들은 누구와도 관계 맺지 않은 철저한 개인으로만 존재하는 거랍니다.

그러므로 등장인물들의 이름이 없는 것은 그들이 특별한 사람이 아님을 나타낸다고 볼 수 있어요. 더불어 서로 관계 맺지 못하고 소외되어 있는 사람들임을 나타내는 장치라고도 할 수 있고요. 시대의 중심에 서지 못하고 겉도는 인물들을 나타내는 데에 이만한 장치가 또 있을까요.

세 사람은 왜 선술집에서 만났나요?

선술집에서 그날 밤, 우리 세 사람은 우연히 만났다.

술집은 술을 파는 집을 말해요. 그런데 '선술집'은 도대체 뭘까요? 사전에는 "술청 앞에 서서 간단히 술을 마시게 되어 있는 술집"이라고 풀이되어 있어요. 그런데 이 소설에서는 인물들이 선술집에서 꽤 오랜 시간 이야기를 나눕니다. 그러니 서서 술을 마시는 곳은 아닌 것 같아요. 이 소설에서 선술집을 묘사하는 '밤이 되면 거리에 나타나는', '포장', '카바이드 불' 같은 내용으로 볼 때, 1960년대의 선술집은 지금의 '포장마차'와 비슷한 것 같네요. (1960년대에도 '포장마차'라는 말이 있었지만 그것은 우리가 말하는 간이 술집이 아니라 서부 영화에 나오던 천막이 쳐진 진짜 마차를 가리키는 말이었어요.)

1960년대의 선술집은 주로 싼 술과 안주를 파는 곳으로, 포장 안에 있는 리어카 뒤에서 주인이 안주를 만들고 손님들은 그 리어카 가장자리에 대충 걸쳐놓은 선반이나 조그만 테이블에서 술을 마시는 곳이었어요. 공간이 좁아 모르는 사람들끼리 엉덩이를 맞대고 앉거나 같은 테이블에 앉아서 술을 마시기도 했고, 원하지 않더라도 주변 사람들의 대화를 다 들을 수 있었지요. 그러니 처음 만나는 사람들끼리

갑자기 친해지기도 하고 싸움을 벌이는 경우도 더러 있었답니다.

　이런 선술집이 이 작품에서 중요한 배경이 된 이유는 무엇일까요? 소설에 나오는 세 인물은 별다른 공통점이 없어요. 한 사람은 부유한 대학원생, 한 사람은 평범한 공무원, 또 한 사람은 가난한 외교원이지요. 이 세 사람이 함께 있더라도 어색하지 않은 공간이 어디일까요?

　처음 만난 사람들끼리 말도 안 되는 이야기를 나누고, 비극적 사연을 털어놓아도 별로 어색하지 않은 곳. 선술집이 이 작품에 등장한 건 바로 그런 공간이기 때문일 겁니다.

1960년대
술집

술의 종류가 다양한 만큼 술집의 종류도 많아요. 1960년대만 하더라도 대학교 앞에서 학생들을 상대로 술을 팔던 학사 주점, 엄청난 규모를 자랑하던 고급 요정, 당시에는 비싼 술이었던 맥주를 주로 팔던 비어홀까지 다양한 형태의 술집이 있었지요.

학사 주점

대학을 갓 졸업한 학사들이 모여서 만든 술집입니다. 대학생을 비롯해 당대의 지성인들이 모이는 것으로 유명했지요. 학사 주점에서는 시인들이 즉석에서 시낭송회를 열기도 하고, 밴드 연주자들이 즉석 공연을 하는 등 문화 공연이 자주 벌어졌습니다. 또한 국가와 사회를 걱정하는 대학생들이 서로의 생각을 나누는 소통의 장이기도 했지요.

요정

1960년대의 '요정'은 '고급 요릿집'을 말해요. 일제강점기부터 이어져 오던 고급 술집이지요. 보통 비밀리에 운영되었으며, 부자들이나 고위 공무원들이 중요한 일을 결정하거나 비밀스런 거래를 할 때에 주로 이용했답니다.

비어홀(beer hall)

비어홀은 말 그대로 맥주를 파는 술집이었어요. 당시 맥주는 지금과는 달리 꽤 고급술이었지요. 그래서 비어홀은 꽤 넓은 규모를 갖추고 있었답니다. 무대와 공연 시설까지 갖추고 있는 곳도 있었어요. 무대에서 손님들이 춤을 추기도 했다고 하니 일종의 클럽과 비슷한 곳이라고 볼 수도 있을 것 같네요.

참새도 구워서 먹나요?

나는 새카맣게 구워진 군참새를 집을 때 할 말이 생겼기 때문에
마음속으로 군참새에게 감사하고 나서 얘기를 시작했다.

지금은 참새구이를 접하기 어렵지만, 1970년대까지 서민들이 좋아했
던 포장마차의 대표 술안주가 참새구이였어요. 그 작은 새가 뭐 먹을
게 있을까 싶지만, 꼬치에 꿰어 소금 간을 해 구우면 닭고기 못지않
게 담백하고 고소해서 사람들이 즐겨 먹었답니다.

1960년대의 선술집에서는 참새 외에도 노가리나 황새기, 메추리,
서대, 가자미 구이 같은 것들도 인기가 있었어요. 형편이 여의치 않은
사람들은 술을 병으로 시키지 않고 잔술로 시켜 먹었는데, 그때는 멀
건 감잣국이나 새우젓을 안주로 삼기도 했지요. 그러다 선술집이 포
장마차라는 이름으로 바뀌면서 다양한 안주들이 생겨났어요. 대표적
인 것이 닭발, 닭똥집, 오돌뼈, 곱창과 각종 전들이지요.

우리나라에서 참새를 구워 먹는 풍습이 있었다는 것은 《동국세시
기》와 《규합총서》 같은 문헌을 통해 알 수 있어요. 또 참새의 효능과
맛에 대한 기록도 많은데, 《향약집성방》에는 참새의 알·뇌·머리 피의
약효가 적혀 있고, 《동의보감》에도 참새의 고기·뇌·머리 피·똥 등의

약효가 소개되어 있어요. 그리고 경상남도에서는 "납일의 참새가 황소보다 낫다."라는 속담이 있는데, 이는 '참새를 잡아서 노인이나 몸이 약한 사람에게 구워 먹으면 몸을 크게 보(補)한다'는 의미랍니다. 그뿐 아니라 민간에서는 "마마를 앓는 아이에게 참새구이를 먹이면 마마를 깨끗이 한다"고 하여 약으로도 썼다고 합니다.

　참새를 잡을 때는 낟알을 뿌려두고 삼태기나 판자, 덮치기 같은 장치를 이용했어요. 그런데 이 방법 말고 아주 흥미로운 방법이 있는데, 추운 날 양지바른 곳에 젖은 감잎을 두는 거예요. 그리고 그 감잎 위에 술밥을 올려두면 참새가 날아와 술밥을 먹고 취해서 잠이 듭니다. 시간이 지나 물에 젖은 감잎이 마르면서 참새를 도르르 말게 되는데, 그렇게 참새를 잡는 것이지요.

이렇게 우리나라에서는 참새를 먹는 것이 오래전부터 풍속으로 자리 잡아왔고, 1980년대까지만 해도 참새 잡이가 합법이어서 많은 사냥꾼들이 공기총을 들고 다니며 참새 사냥을 했어요. 그리고 1980년대 후반에는 정부가 농작물 피해를 막고자 추수기에 일정 기간 참새 잡이를 허용하기도 했답니다.

그런데 지금은 참새가 많이 줄었어요. 녹지 면적이 줄어들어 둥지를 틀 공간이 적어졌고, 환경 오염으로 먹잇감인 벌레들이 많이 사라졌기 때문이죠. 그래서 현재 참새구이는 몇몇 곳에서만 팔고 있을 뿐 찾아보기 어렵게 되었다고 합니다.

참새와 대기근

기네스북에 등재된 역사상 최악의 대기근이 참새 때문에?

중국 공산당의 최고 지도자 마오쩌둥은 중국의 식량 문제를 해결하려고 고민을 많이 했어요. 그러던 어느 날 우연히 논밭에서 쌀알을 쪼아 먹는 참새를 보고는 "참새는 해로운 새다."라는 말을 던졌고, 그 말이 끝나기가 무섭게 '참새 섬멸 총지휘부'가 신설되어 참새가 곡식에 미치는 해로운 영향을 조사했지요. 조사 결과 참새가 쪼아 먹는 쌀이 쓰촨성에서만 7680만 톤으로, 이는 한 사람이 1년에 240킬로그램의 쌀을 소비한다는 기준으로 봤을 때 중국인 3만 2천명의 일 년 치 식량에 해당하는 양입니다. 이에 대대적인 참새 소탕 작전이 시작되면서 노동자와 농민들은 남녀노소 할 것 없이 빗자루와 몽둥이를 들고 참새 죽이기에 나서게 됩니다. 참새들이 출몰하는 지역에 독극물이 든 모이를 뿌려놓기도 하고, 일부 지역에는 총을 든 사냥꾼들이 대기하는 일도 있었지요. 이때 죽은 참새가 무려 2억 마리가 넘었습니다.

마오쩌둥은 참새가 많이 사라졌으니 기근이 해결될 거라 믿었어요. 하지만 참새 소탕 작전을 벌인 첫해의 쌀 수확량은 극심하게 줄어들었고, 식량 부족으로 굶어 죽는 사람들이 늘어나 1958년 한 해 동안 굶어 죽은 사람들이 172만명이었습니다. 1958년부터 1960년까지, 비공식적인 집계까지 포함하면 무려 4000만 명이 사망하는 대기근이 벌어진 것이죠.

사실 참새는 해충들을 잡아먹기 때문에 벼 수확량을 늘리는 데 도움이 되는 새입니다. 그런데 이런 먹이사슬을 알지 못한 채 참새 소탕 작전을 벌인 결과 해충들이 닥치는 대로 벼를 갉아 먹었고 사람들은 극심한 굶주림에 시달리게 된 것이죠. 결국 이 기근은 역사상 최악의 기근으로 기네스북에 등재됩니다. 이후 마오쩌둥은 먹이사슬을 바로잡기 위해 구소련에서 참새 20만 마리를 수입해 오지만 여전히 참새의 개체 수는 회복되지 않았어요.

한 지도자의 잘못된 판단이, 그리고 생태계에 대한 고려가 없는 정책 결정이 인류에게 얼마나 큰 재앙을 불러오는지 잘 보여주는 이야기랍니다.

'나'와 '안'의 대화가 좀 이상하지 않나요?

술집에서 우연히 만난 '나'와 '안'. 그들의 대화는 스물다섯 살이나 된 사람들이 나누는 대화치고는 조금 이상해요. 잘 모르는 사람과 대화를 나눈다는 건 분명 어색하고 쑥스러운 일입니다. 그래서 사람들은 그런 어색한 분위기를 바꿔보려고, 무슨 이야기를 할까 고민하게 되지요. 고민 끝에 사람들은 주로 개인적인 관심사나 사회적 관심 분야, 혹은 상대방에 대한 인간적인 관심들을 쏟아내요. 그러다 공통의 화제가 등장하면 대화가 활기를 띠게 되지요.

'나'와 '안' 역시 보통 사람들처럼 첫 만남의 어색함을 풀기 위해 나름 고민을 했을 겁니다. 그리고 고민 끝에 '나'가 첫 질문을 하면서 두 사람은 대화를 시작해요.

그럼 그들의 대화를 간단하게 살펴볼까요.

 안 형, 파리를 사랑하십니까?

 아니오. 아직까진…….

심리 : 화제를 떠올린 것에 만족하는 '나'와 무덤덤한 '안'.
결과 : 대화가 중단되고 '나'는 떠날 궁리를 함.

김 형, 꿈틀거리는 것을 사랑하십니까?

 사랑하구 말구요.

심리 : '나'는 질문에 만족하며 신나서 대답하지만 '안'이 공감해 주지
　　　않아 서운함을 느낌.
결과 : 서로에게 같은 질문을 주고받다 대화가 중단되고 '나'는 또 떠
　　　날 궁리를 함.

 평화시장 앞에서 줄지어 선 가로등 중에서 동쪽으로부터 여덟 번째
등은 불이 켜져 있지 않습니다…….

 서대문 버스 정류장에는 사람이 서른두 명 있는데 그중 여자가 열
일곱 명이었고 어린애는 다섯 명, 젊은이는 스물한 명, 노인이 여섯
명입니다.

심리 : '나'는 그를 골려주기 위해 시작한 이야기였지만 '안'이 함께
　　　그 화제에 동참하자 만족감을 느끼고 서로를 존중하게 되며
　　　기분이 좋아졌으나 문득 '안'의 정체에 의구심이 생김.
결과 : 비슷한 화제의 대화를 몇 번 주고받다 대화가 중단되고 이번
　　　에는 함께 자리를 떠나려고 함.

　어떤가요? 우리가 생각하는 일상적인 대화가 이들 사이에 이루어
지고 있나요? 대화가 자꾸 끊어지고, 서로 공감대가 잘 형성되지 않

는 걸 보니 원만한 대화가 이루어졌다고 보기 어렵네요. 특히 그들이 나누는 화제가 참 특이합니다. 보통 사람들은 술자리에서 말이 많아지고 사람들과 더 허물없어진다고 하는데, 이들은 서로 친해지지 못하고 자꾸만 멀어지는 느낌이 드네요. 왜 그럴까요?

그건 두 사람이 타인과 대화하고 소통하는 방법을 잘 모르기 때문이에요. 어떤 화제를 가지고 대화해야 하는지, 그리고 친해지기 위해 자신의 어떤 속사정을 드러내야 하는지 모르는 것이죠. 보통 일상적인 첫 만남의 대화를 살펴보면 사람들은 자신보다는 상대방을 고려하여 질문을 하게 됩니다. 앞서 얘기한 대로 상대방의 취미나 관심 분야에 대한 질문을 던지는 것이죠. 그런 화제를 통해 상대방을 어느 정도 이해하게 되고 관계가 점차 발전하게 되면 자신의 기호나 의견뿐만 아니라 더 나아가 감정이나 가치관 같은 개인적인 부분들을 꺼내놓게 됩니다. 즉 대화의 중심에는 '나'가 아닌 상대방이 있고, 상대방을 어느 정도 이해하고 난 뒤 개인적인 것들에 대한 깊이 있는 대

화를 나누게 되는 겁니다.

하지만 '나'와 '안'은 대화를 나누는 상대방에 대한 배려나 이해 없이 오로지 자신이 궁금해하는 것과 아는 것만 늘어놓아요. 대화라는 것은 혼자 하는 게 아니라 상대방과 함께 호흡하며 주고받아야 하는 것인데, 각자 하고 싶은 지극히 개인적인 이야기만 내뱉는 상황이니 이건 대화가 아니라 거의 독백에 가깝네요.

특히 '나'는 '안'과의 대화가 이어지지 못할 때마다 계속 자리를 뜨려고 해요. '결국 그렇고 그렇다'는 생각을 하며 말이죠. 이를 통해 볼 때 '나'는 타인과의 소통에 실패를 많이 한 사람인 것 같아요. 그리고 '안' 역시 또래들과 자신이 원하는 화제로 소통하는 데 여러 번 실패를 한 경험이 있고요. 따라서 두 사람 모두 타인과 제대로 소통하며 살지 못하고 자신만의 세계에 빠져 있다는 것을 알 수 있습니다. 자신만의 공간에 갇혀 있어서 남과 소통하는 게 어려워진 인물들인 셈이죠.

데모가 뭔가요?

"안 형은 어떤 꿈틀거림을 사랑합니까?"

"어떤 꿈틀거림이 아닙니다. 그냥 꿈틀거리는 거죠. 그냥 말입니다.

예를 들면…… 데모도……."

뉴스 보도 등을 통해 다들 한 번쯤은 '데모'라는 말을 들어보았을 거예요. '데모(demo)'는 '시위 또는 집회'라는 뜻입니다. 어떤 사전에는 "반대, 항의, 시위, 반항의 의사를 가두 행진을 하며 표현하는 집단행동. 통상 공공 도로, 공원, 광장이나 정부 청사 앞 등에서 깃발이나 현수막을 들고 슬로건을 외치며 집단의 힘을 실행하는 것"이라고 풀이되어 있기도 해요. 결국 데모는 '의사를 집단적으로 표현하는 것'이라고 보면 되겠네요. 그러니 데모는 생각의 꿈틀거림인 것이죠.

데모는 오래전부터, 그리고 전 세계적으로 있어왔던 일이에요. 우리나라만 하더라도 삼국시대 때 가혹한 세금을 거두는 것에 불만을 품은 백성들이 시위를 벌이기도 했고, 중국 진시황 시절에는 무리한 토목공사 때문에 많은 백성들이 시위를 했었지요. 다만 '○○의 난', '○○의 봉기', '○○ 개혁', '○○ 혁명'으로 시대적·역사적 평가에 따라 그 명칭이 달라진 것입니다.

소설 속 '안'은 데모 이야기를 하면서 '서울은 모든 욕망의 집결지'라는 말을 했어요. 다양한 욕망의 분출이 데모로 나타난다는 것이죠. 특히 이건 1964년 당시의 데모에 대해 말하는 것인데요, 이 데모를 이해하기 위해 조금 더 거슬러 올라가 볼 필요가 있어요.

1960년 3월 15일, 이승만 대통령은 정권을 유지하기 위해 대대적인 부정선거를 저질러요. 이것을 알게 된 국민들이 선거 무효를 주장하는 시위를 벌였는데, 시위 도중 한 학생(고 김주열 열사)이 최루탄을 맞고 죽게 됩니다. 그런데 경찰이 그것을 숨기기 위해 몰래 시체를 바다에 던져버렸어요. 그 사실에 분노한 마산의 학생들과 시민들이 더 격렬한 시위를 벌이게 되고 시위는 전국으로 번지게 되었지요. 그 사

4·19 혁명

건이 바로 '4·19 혁명'이에요. 이 혁명의 결과로 이승만 독재 정권이 끝나고, 우리나라가 민주 국가로 나아가는 토대가 만들어집니다. 하지만 그것도 잠시. 1961년 5월 16일 군사 정변으로 다시금 독재 정권을 맞이하게 된답니다.

그렇게 세월이 흘러 1964년 2월, 정부가 비밀리에 한일 교섭을 진행하고 있다는 소식이 전해져요. 교섭의 내용은 일본이 우리나라에게 저지른 잘못을 10년간 3천만 달러, 총 3억 달러에 용서해 준다는 것이었어요. 하지만 우리가 겪은 36년간의 고통을 생각한다면 터무니없는 내용이었지요. 당연하게도 발표와 동시에 사회 각계에서 비난 여론이 쏟아졌어요. 그리고 야당과 사회·종교·문화 단체 대표 등 저명인사 200여 명이 주축이 되어 '대일굴욕외교반대 범국민투쟁위원

한일회담 반대 시위

회'를 결성했습니다. 또 서울대 문리대생이 교정에서 '자유쟁취 궐기 대회'를 열어 한일회담과 박정희 정권 성토식을 한 다음 단식 농성에 들어갔는데, 이것이 바로 6·3 항쟁의 직접적인 계기가 되었어요.

4·19를 연상시킬 만큼 거세었던 이 항쟁은 안타깝게도 박정희 대통령의 비상 계엄령 선포로 3개월 만에 막을 내리고 말았습니다. 이 일을 계기로 많은 젊은이들은 패배의식에 사로잡히게 되고 깊은 절망감을 안게 되었지요.

아마 '안' 역시 대학생으로서 6·3 항쟁에 동참했거나, 아니면 곁의 친구들을 통해 그런 데모의 기운을 많이 느끼고 있었을 거예요. 그렇기에 그 열기를 꿈틀거림으로 받아들이고, 또 그것을 사랑한다고 말하는 건지도 모르겠습니다.

달라진 데모

요즘은 데모 대신 시위나 집회라는 말을 많이 쓰는데, 데모도 세월의 흐름에 따라 그 형태가 조금씩 달라지고 있어요. 평화적이고 참신한 시위가 많아졌지요. 어떤 것들이 있는지 한번 살펴볼까요.

우선 1992년 1월 8일 시작하여 정기적으로 이루어지고 있는 '수요 집회'가 있어요. 이 집회는 일본군 위안부 문제 해결을 요구하는 집회로, 매주 수요일 열리고 있지요. 2011년 12월 14일이 1000회였다고 하니 놀라운 기록입니다. 현재 단일 주제로 개최된 집회로는 세계 최장 기간 이뤄진 집회로 기네스북에 등재되어 있다고 하네요.

또 하나는 촛불집회입니다. 2002년 6월 주한 미군의 장갑 차량에 깔려 숨진 두 여학생의 사인 규명과 추모를 위해 같은 해 11월에 시작된 평화적 데모입니다. 이 촛불집회는 2016년부터 이어진 박근혜 대통령 탄핵 집회에서 정점을 찍었고, 2024년 12월 3일 윤석열 대통령의 비상 계엄령 선포로 촉발된 탄핵 집회에서는 촛불 대신 응원봉을 들기도 했습니다. 이 촛불 집회는 오늘날 한국의 대표적인 집회 및 시위 문화로 자리 잡게 되었어요.

또한 가장 쉽게 접할 수 있는 1인 시위가 있습니다. 이름 그대로 1인이 피켓이나 현수막, 어깨 띠 등을 두르고 하는 시위를 말해요. 이것은 "외교 기관의 100미터 이내에서는 집회를 할 수 없고, 집회는 2인 이상을 말한다"는 '집회와 시위에 관한 법률(집시법)'의 규제에서 벗어나기 위해 시도된 시위 문화입니다. 이 시위는 집시법의 적용을 받지 않기 때문에 때와 장소를 가리지 않고 자유롭게 할 수 있다는 장점이 있습니다.

이 외에도 서울대 학생들이 서울대 법인화를 반대하며 농성을 벌였는데, 농성장에 책상을 가져다 두고 공부를 병행하며 시위를 하는 이른바 '공부 시위'를 했다고 합니다. 그 밖에도 '비빔밥을 함께 비벼 먹는 비빔밥 시위', '책 제목을 이용한 시위' 등 평화롭고 재치 있는 형태의 시위가 많이 시도되었습니다.

병원에서 시체를 돈 주고 사나요?

"아내의 시체를 병원에 팔았습니다. 할 수 없었습니다. 난 서적 월부 판매 외교원에 지나지 않습니다. 할 수 없었습니다. 돈 사천 원을 주더군요."

'사내'는 급성 뇌막염으로 죽은 아내의 시체를 병원에 넘기고 4000원을 받았어요. 그리고 그것 때문에 하루 종일 괴로워하고 있습니다. 죽은 아내의 장례를 치르지 않은 것도 놀랍지만, 병원에 시체 해부용으로 팔다니……. 그리고 병원에서 시체를 돈 주고 샀다는 것도 놀라운 일입니다.

우리나라는 언제부터 병원에서 시체 해부를 했을까요? 우리나라에서는 조상을 섬기고 죽은 사람도 소중히 여기는 풍습 때문에 시체 해부는 생각할 수조차 없었어요. 19세기 말부터 서양 의학 교육이 이루어졌는데, 해부 실습을 한 건 1910년 전후부터라고 하네요. 이때에는 행려병자, 사형수 등의 시체가 해부에 사용되었어요. 그러다 1950년 한국전쟁을 겪으면서 서양 의사에 대한 수요가 폭발했고, 전쟁으로 인해 사망한 시체들을 해부용으로 사용하면서 의학 기술이 많이 발전했다고 합니다.

병원에서 시체를 구하는 방법은 무엇일까요? 첫째는 기증을 받는 거예요. 의학 발전을 위해 기꺼이 자신의 몸을 기증하는 사람들이 있거든요. 이런 분들은 죽기 전에 기증 의사를 밝히지요. 의대생들이 해부용으로 사용하는 시체를 '카데바'라고 하는데, 이는 본인과 유가족의 허락을 받은 경우에 해당돼요. 하지만 이런 시체는 구하기가 어려워요. 본인이 기증 의사를 밝혀도 유가족이 동의하지 않으면 기증할 수가 없으니까요.

다른 방법도 있었는데, 무연고자 시체들을 찾는 거예요. 무연고자 시체는 길거리에서 신분증 없이 변사체로 발견된 후 연고자를 찾지 못한 시체를 말해요. 객사했을 때 일정 기간(최소 2년) 공지하고 나서도 유가족이 나타나지 않으면 국가에서 시체가 필요한 곳에 넘겨줄 수 있었지요. 가족을 찾은 무연고 시체라 하더라도 연고자들이 시체를 인수하지 않는 경우가 있었는데, 이럴 때는 무연고 시체 자격으로 처리되었다고 해요. 이런 시체들도 해부용으로 쓸 수 있었지요.

다음은 1962년에 처음 제정하고 시행된 '시체해부보존법' 가운데 일부예요. (지금은 '시체 해부 및 보존 등에 관한 법률'로 이름이 바뀌었고, 내용도 그때와는 다릅니다.)

제11조(인수자가 없는 시체) ① 구청장, 시장 또는 군수는 인수자가 없는 시체에 대하여 의과대학장(치과대학장을 포함한다. 이하 같다)으로부터 의학의 교육 또는 연구를 위한 시체의 교부 요청이 있을 때에는 그 사망을 확인한 후 이를 교부할 수 있다.

제13조(시체의 인도) ② 전 항의 경우에 의과대학장과 시체의 인
수자 사이에는 어떠한 소요 경비도 청구할 수 없다.

그럼에도 불구하고 시체가 부족하다면 어떻게 했을까요? 화장터
에서 화장하기 전에 시체를 빼돌리거나, 가난한 사람들에게 공짜로
화장을 해준다는 홍보를 하고 죽으면 시체를 가져가기도 했
어요. 또 불법적으로 시체를 돈 주고 사기도 했고요.
주로 가난한 집의 가족들과 거래를 했는데, 병원은
적은 돈으로 시체를 사고, 가난한 가족은 뜻하지
도 않은 수입을 얻을 수 있었지요.
　18세기 후반 서양에서는 시체를 팔아 돈을 벌기
위해서 무덤을 파헤치거나 산 사람을 죽이는 사
건까지 발생했다고 해요. 또 애니 체니의《시체
를 부위별로 팝니다》(2007)를 보면, 미국 암
거래 시장에서 시체를 부위별로 파는 장면이
나오기도 합니다.

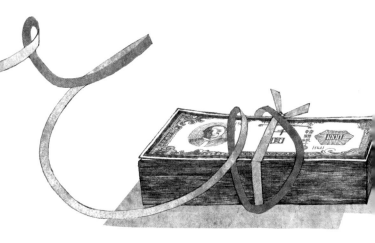

2015년에는 가족이 없는 노숙인이 사망해 무연고 시체가 됐을 때 그 시체를 해부용으로 쓸 수 있게 한 법률이 헌법재판소에서 위헌 판정을 받았어요. 무연고 시체의 절대 다수는 가난한 이들의 시체이기 때문에 불평등과 인권 침해의 우려가 있다고 판단했기 때문이지요.

헌재 "무연고 시신 해부용 제공은 위헌"

사망 후 시신을 인수하는 사람이 없으면 의과대학에 해부용으로 제공할 수 있게 한 현행법은 위헌이라는 판단이 나왔다.
헌법재판소는 손모 씨(53)가 '시체 해부 및 보존에 관한 법률' 제12조 제1항이 위헌이라며 낸 헌법소원에서 26일 재판관 전원 일치 의견으로 위헌 결정했다.
미혼인 손씨는 부모가 모두 사망하고 형제와도 30여 년간 연락이 끊겨 사실상 연고가 없는 상태다. 그는 자신과 같은 사람이 죽으면 시신이 해부용으로 쓰일 수 있다는 사실을 언론을 통해 알고 헌법소원을 청구했다.
헌재는 "국민 보건을 향상시키고 의학 교육·연구에 기여하려는 것으로 목적의 정당성과 수단의 적합성은 인정된다"면서도 "생전 의사와 무관하게 자신의 신체를 해부용 시신으로 제공될 수 있도록 규정해 침해의 최소성 원칙을 충족하지 못했다"고 말했다.
- 연합뉴스, 2015년 11월 26일자

생명을 살리는 장기 기증

시체나 장기를 사고파는 것은 불법이에요. 그러나 기증은 가능합니다. 장기를 기증하면 죽어가는 생명을 살릴 수 있어요. 장기 이식은 기존의 방법으로는 살리기 힘든 말기 질환자의 장기를 정상 장기로 대체하여 새로운 삶을 살게 해주는 치료법이에요.

장기 기증이란 장기 이식을 받으면 살 수 있는 말기 환자에게 자신의 장기를 나누어줌으로써 생명을 살리는 것을 말해요. 장기 기증 신청은 본인이 직접 하고, 뇌사자의 경우 가족이나 유족이 대신하여 신청을 할 수 있어요. 요즘은 공인인증서 없이 휴대 전화로도 신청이 가능해요.

예전에는 장기 기증에 대한 두려움과 생소함 때문에 꺼렸으나 요즘은 자신의 장기 기증으로 꺼져가는 생명을 살릴 수 있다는 것에 의미를 두어 장기 기증 신청자들이 늘고 있어요. 선진국은 전체 인구의 40퍼센트가 장기 기증에 참여하고 있고, 우리나라도 2024년 1월 기준으로 사후 장기 기증 희망자가 178만 명이 넘었습니다. 2009년 김수환 추기경의 각막 기증으로 한 해에 18만 명이 등록하기도 했고, 자신의 장기를 다른 사람에게 기증하는 값진 사랑을 실천한 뇌사자들도 많습니다.

우리나라는 문화적 특성상 장기 기증을 희망했어도 실제로 기증하기가 쉽지 않아요. 가족의 동의가 필요하기 때문이지요. 그러니 평소에 가족의 동의를 구해놓을 필요가 있고, 기증자의 가족들이 정신적 자부심을 느끼며 살 수 있도록 예우해 주는 문화를 만드는 것도 중요해요.

어느 나라든 장기를 필요로 하는 수요자에 비해 공급자가 턱없이 부족해요. 호주에서는 장기 이식 대기자 명단의 적체를 해소하기 위해 모든 호주인에게 사망 시 장기를 기증할 것인지의 여부를 사전에 선택하도록 의무화하는 방안이 추진되고 있다고 하네요. 우리도 생명을 나누는 운동에 많은 국민들이 동참하는 문화를 만들어가면 좋겠어요.

2

방황하는 거리

세 사람이 쓴 돈은 요즘으로 치면 얼마인가요?

사내는 아내의 시체를 4000원에 팔았어요. 그리고 그 돈을 '오늘 저녁'에 다 쓰고 싶어 하죠. 그래서 중국집에서 1000원을 썼고, 양품점에서 넥타이를 사며 600원을 썼어요. 그리고 귤 값으로 300원을 썼고요. 모두 1900원을 썼네요. 택시에서 남은 돈을 세어보니 1900원과 동전 몇 개가 있었어요. 택시비로 30원을 썼고, 남은 돈은 모두 불 속에 던졌지요.

그렇다면 사내가 쓴 돈은 현재의 가치로 치면 얼마쯤 될까요? 돈의 시세를 계산할 때 쌀값을 기준으로 하는 경우가 많아요. 80킬로그램 쌀 한 가마니 값이 얼마인가를 알고 그 기준에 맞추어 곱하기를 하면 시세를 대략 알 수 있답니다.

1964년도에 80킬로그램 쌀 한 가마니는 3000원이었어요. 2024년 기준으로 쌀값은 80킬로그램에 18만 원(산지 쌀값 기준) 정도예요. 그럼 1964년 당시 3000원은 현재 18만 원이니까, 그때 1원이 지금 60원 가치였다고 볼 수 있겠네요.

먼저 아내의 시체를 판 돈 4000원을 봅시다. 당시 값에 60원을 곱하면 현재 시세니까, 4000원은 24만 원이에요. 사내는 지금의 시세로 24만 원 정도의 값에 아내의 시체를 넘겨줬네요. 사랑하던 아내

의 시신 값이라 하기엔 구차한 돈이에요. '할 수 없었다, 나는 서적 할
부 판매 외교원에 지나지 않는다, 할 수 없었다.'라고 말하는 것을 보
면 이 상황을 견딜 수 없어 하는 것이 느껴져요.

시체 값 4000원

4000 × 60 = 240,000원 (요즘 시세)

다음은 중국집 음식값 1000원을 알아봅시다. 1965년 1000원의
가치는 쌀값 기준으로 요즘 돈 6만 원 정도입니다. 1960년대 중국집
은 귀한 음식점이자 술집이자 최고의 외식 공간이었어요. 졸업식이나
입학식이 끝나면 어김없이 온 가족이 중국집을 찾아가 짜장면과 탕
수육으로 즐거움을 누렸지요.

1965년에는 짜장면 값이 35원이고 탕수육 값은 200원 정도였어
요. 술값은 100원에서 300원 정도였고요. 사내는 짜장면과 탕수육,
그 당시 꽤 비싼 편이었던 통닭과 고량주라는 독한 술을 시키며 한턱
을 크게 썼겠지요.

중국집 1000원

짜장면 105원(35원×3명)+탕수육 195원+통닭 300원+
고량주 2병 400원 = 1000원 (요즘 시세 60,000원)

다음은 넥타이 값 600원에 대해 알아봅시다. 세 명이 양품점에서 알록달록한 넥타이를 하나씩 사고 600원을 지불했으니 넥타이 한 개의 가격은 200원이에요. 넥타이 값은 생각보다 비싸지 않네요. 하지만 600원은 당시의 쌀 한 말(16킬로그램) 값에 해당하니 서민이 선뜻 사기는 쉽지 않았을 듯해요.

넥타이 3개 600원

200(12,000원) × 3 = 36,000원 (요즘 시세)

다음은 귤 값 300원에 대해 알아봅시다. 예전에는 귤이 엄청나게 비쌌어요. 1960년대 말까지만 해도 서울의 중산층 가정에서조차 일 년에 한두 번 맛볼 수 있는 값비싼 과일이었죠. 조선시대에는 귤이 정말 귀해서 제주도에서 귤이 올라온 것을 기념해 과거 시험을 실시할 정도였어요. 당시에 제주도에서는 귤나무 몇 그루만 있으면 자식을 대학까지 졸업시킬 수 있다고 해서 귤나무를 '대학나무'라고 부르기도 했어요.

귤 3개 300원

100(6000원) × 3 = 18,000원 (요즘 시세)

다음은 택시비예요. 택시비는 30원이에요. 1966년 1월 서울 택시의 기본요금은 1킬로미터당 30원이고, 주행 요금은 500미터당 10원이며, 대기료는 10분마다 40원이었어요. 참고로 시내버스 요금은 8원이었어요. 남영동에서 화재가 난 곳까지 가는데 30원을 썼으니 기본 거리밖에 안 되는 아주 가까운 거리였던 것 같아요. 택시비는 지금의 시세로 1800원이에요.

택시비 30원

30 × 60 = 1800원 (요즘 시세)

이렇게 세 사내가 쓴 돈은 모두 1930원이고, 요즘의 시세로 따지면 11만 5800원 정도예요. 불구경하며 던진 돈이 1900원이 넘으니까 요즘으로 치면 11만 원이 넘는 돈을 불에 던져 넣었네요. 조금 아깝다는 생각이 드나요? 사내는 아깝다기보다는 속이 시원하다는 생각을 했을 거예요.

사내는 왜 돈을 다 쓰려고 하나요?

그가 처음으로 힘있는 목소리로 말했다.

"돈을 써버리기로 결심했으니까요."

사내는 가난한 외교원이고 '어쩔 수 없이' 아내의 시체를 팔았다고 했어요. 그럼 그 돈은 사내에게 정말 소중한 돈이라 낯선 남자들과 오늘 밤 안에 다 써버릴 하찮은 돈은 아닐 텐데, 왜 돈을 다 써버리려는 걸까요?

첫째, 아내에 대한 미안함과 죄책감 때문일 거예요. 사내는 가난했기 때문에 아내에게 제대로 해준 것도 없고 아내의 장례도 치러주지 못했어요. 그러니 아내에 대한 미안함이 매우 컸겠지요. 거기다 아내의 시신을 병원에 팔고 돈까지 받았으니 죄책감이 말할 수 없었을 겁니다. 그러니 그 돈은 사내의 가슴을 짓누르는 돈일 거예요.

그 돈은 원하지 않았던 돈이고, 또 어떻게 써야 할지도 모르는 돈이에요. 사내에게는 그 돈을 모아둔다거나 유용하게 쓴다는 것이 부질없어 보여요. 그래서 돈을 멋있게 다 써버리면 죄책감이 줄어들지 않을까 하는 생각으로 오늘 밤 안으로 돈을 다 쓰는 것에 매달리는 것 같아요.

둘째, 사람들과 헤어지기 싫은 마음 때문이에요. 사내는 혼자 있기가 무섭고 두려운 것 같아요. 그리고 돈을 혼자 다 써버릴 용기도 없어요. 힘없이 돌아다니다가 선술집에 들렀고 거기서 이상한 대화를 나누는 낯선 사람들에게 다가갑니다. 이들이라면 자신의 이야기를 들어줄 것 같았고, 자신의 행동을 욕하거나 나무라지는 않을 것 같은 느낌이 들었겠죠.

돈을 쓰는 사람의 심리는 돈을 이용해 사람들을 지배하려는 유형과 겉으로는 돈을 쓰지만 속으로는 사랑받고 싶어 하는 유형이 있어요. 사내는 두 번째 유형에 속해요. 사내는 우울한 상태에 있고 사람들과 헤어지기 싫기 때문에 돈으로 사랑이나 관심을 받고 싶은 심리를 표현한 것 같아요.

셋째, 사내는 자살하고 싶은 마음이 있었을 거예요. 자살하고 싶은 사람은 여러 징후를 보이는데 평소답지 않게 돈을 흥청망청 쓴다든가, 빌린 돈을 다 갚는다든가, 받을 돈을 다 받으려 한다든가 하며 돈으로 인한 관계를 청산하려고 합니다. 사내는 낯선 이들을 만나 돈을 막 쓰고, 돈을 불 속에 던져버리기까지 해요. 늦은 밤에 밀린 월부 책값을 받으려고도 하지요. 이 모든 엉뚱한 행동들은 오늘 밤 안으로 돈을 다 써버리고 죽고 싶은 마음을 표현한 것이 아닐까요.

그러나 세 사람은 결국 돈을 절반밖에 쓰지 못해요. 마음이 편치 않은 돈이기 때문이지요. 사내는 돈을 써야 한다는 강박관념에 시달리고, '안'과 '나'도 사람의 시체를 판 돈을 쓰는 것이니 꺼림칙했을 거예요. 그래서 '나'와 '안'은 돈을 빨리 써버려 '이 돈이 다 없어질 때까지'라는 계약 관계를 끝내고 싶어 하지요.

'안'이 여자를 돈으로 살 수 있는 종삼으로 가자고 했으나 사내는 '안'을 경멸하며 그것만은 싫다고 해요. 그리고 불 속에 아내가 보였다며 아내를 위해 돈을 던져버리죠. 그리고 돈에 대해 허무함을 느꼈을 거예요. '돈이 있다는 것이 겨우 이거였어? 왜 행복한 느낌이 들지 않지?'라는 생각이 밀물처럼 밀려오지 않았을까요.

그런데 현실은 또 돈을 요구해요. 혼자 있지 않으려면 여관에 들어갈 돈을 구해야 하니까요. 돈이라는 것은 사랑하는 사람을 위해, 사랑하는 사람과 함께 벌고 모으고 써야 진정으로 행복한 것인데…….
사내는 이 허무함을 극복하지 못하고 오늘 밤 죽을 것 같은 예감이 드네요.

'종삼'은 어떤 곳인가요?

"아닙니다. 종삼(鐘三)으로 가자는 얘기였습니다." 안이 말했다.
사내는 안을 경멸하는 듯한 웃음을 띠며 고개를 돌려버렸다.

사내는 종삼으로 가자는 '안'의 이야기를 듣고 마음이 불편해진 듯합
니다. 경멸하는 듯한 웃음을 띠며 고개를 돌려버렸다고 했으니까요.
이쯤 되면 독자는 종삼이 어디에 있는 곳인지, 어떠한 곳인지 궁금해
지기 마련이지요. 이야기의 흐름상 '안'은 여자라는 말에서 종삼을 떠
올린 듯합니다. 그렇다면 여자와 종삼은 어떤 관련이 있을까요?

종삼은 '종로 3가'의 줄임말이에요. 종삼이라는 표현은 꽤 오래전부
터 사용되었답니다. 신문 기사를 살펴보면 일제강점기부터 종삼이라
는 표현이 사용된 것으로 보여요. 이때의 종삼은 특정한 의미를 지녔
다기보다는 단순히 지명을 나타내는 거였어요. 그런데 흥미로운 것은
1950년 이후의 신문 기사들이랍니다. 1950년 이후 종삼은 종로 3가
라는 지명보다는 유흥가나 사창가를 칭하는 말로 더 많이 등장해요.
심지어 1950년대 중반부터는 종삼이 대중소설의 소재로 흔히 사용
되기도 했답니다. 사창가로서의 종삼은 1960년대 중반까지 꽤나 이
름을 떨쳤어요. 그러다 1960년대 후반 서울시장의 강력한 의지로 종

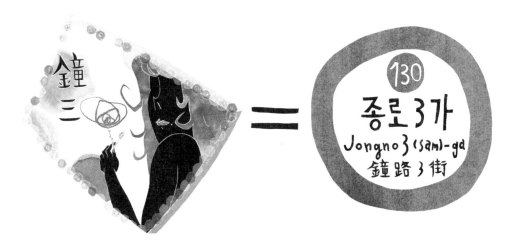

삼의 사창가가 어느 정도 정리가 되었다고 해요.

　이런 이유로 '안'이 여자라는 말에서 종삼을 떠올린 것 같아요. 하지만 사내의 입장에서는 아내의 시신을 팔아 받은 돈을 종삼의 여자를 사기 위해 쓸 수는 없었겠지요.

　이 소설에 등장하는 장소는 대부분 종로와 그 인근 지역이에요. 욕망의 분출구인 종삼에서 만나는 사람들의 인간관계야말로 그 밤이 지나면 더 이상 지속될 수 없는 일회적인 관계라 할 수 있을 겁니다. 그 속에서 진실이나 진심을 찾기란 쉽지 않았을 것이고요. '나'와 '안'과 '사내'의 관계 맺음 역시 이러한 연장선에 놓일 수 있겠군요.

　작가는 의도적으로 '미희 서비스, 특별 염가'라는 것을 강조한 비어홀의 광고지를 보는 '나'의 모습을 그려놓았습니다. 왜 그랬을까요? 비어홀 광고지의 문구는 여자의 육체와 시간을 싼 값에 판다는 말이에요. 이 말에는 인간관계를 돈으로 맺을 수 있다는 의미도 담겨 있지요. 사내에게 돈이 있었기 때문에 '나'와 '안'과 사내는 함께 있을 수 있었어요. 그러나 이러한 인간관계는 돈이 없어지면 끊어져 버리고 말겠지요. 결국 작가는 비어홀 광고지와 세 사람의 모습을 통해, 현대 자본주의 사회를 살아가는 도시인들의 일회적인 인간관계와 삶의 단면을 보여주려 했던 것이 아닐까요.

종삼(鐘三)이란 곳

내려쬐이던 폭염이 사라지고 시원한 바람이 불기 시작한 밤 10시. 값싼 분으로 짙게 화장한 창녀들이 모여드는 시내 종로 3가 뒷골목. 언제부터 불리어졌는지 이곳을 '종삼'이라고 하며, 집단 매음가를 이루어 하룻밤의 낭군에게 몸을 팔려고 몸부림치는 창녀의 웃음소리와 고함소리가 비좁은 골목을 휘덮고 있을 때이다. 술김에 이곳을 찾아오는 탕아들은 각층의 인사이며, 때로는 인생의 황혼기에 접어든 오십 고개를 넘어선 노인이 있는가 하면 말쑥한 옷차림을 한 신사도 만취가 된 채 주위를 조심스럽게 살피면서 서울의 인육시장 골목을 찾아들곤 한다.

- 《경향신문》 1957년 8월 4일자

불구경을 하면서 무슨 생각을 했을까요?

> 소방차 두 대가 우리 앞을 빠르고 시끄럽게 지나갔다.
> "택시!" 사내가 고함쳤다. (중략)
> 사내는 "저 소방차 뒤를 따라갑시다."라고 말했다.

갈 데가 없었던 세 사람은 무작정 택시를 탑니다. 하지만 목적지가 없었기 때문에 내릴 수밖에 없었지요. 그때 마침 소방차 한 대가 지나가요. 사내는 다시 택시를 잡고 그들은 불구경을 하러 갑니다.

'강 건너 불구경'이라는 말이 있어요. 남의 일인 듯 수수방관하는 모습을 표현한 속담이지요. 불구경하는 이들이 서로에 대해 가진 모습이 딱 그 짝이군요. 하긴 대부분의 사람들이 나와 관련이 없는 곳에 불이 나 있는 것을 보면 일단 멈춰 서서 구경하곤 합니다. 아무래도 나와 관련 없는 일이다 보니 흥미롭기도 하겠지요.

아무튼, 이들은 무료한 시간을 보내기 위해 불구경을 하기로 의견의 일치를 봅니다. 물론 '불구경'에 대한 세 사람의 생각은 모두 달랐지만요. '안'은 불구경이 재미없다고 생각해요. '나' 역시 처음에는 불구경에 그다지 흥미가 없었던 탓에 '안'이 거는 말에 아무렇게나 대답해요. 그들은 함께 불구경을 하는 것처럼 보이지만 실은 부질없이 시간을 보내고 있는 셈입니다.

　불구경을 하다가 사내는 바람에 흔들리는 불길의 모습에서 머리가 아파 괴로워하던 아내의 모습을 떠올려요. 그 순간에 아내가 떠올랐다는 것은 아내가 아플 때 별 도움을 주지 못해 마음이 아팠던 사내의 심정을 보여주는 듯해요. 게다가 아내의 시체도 돈을 받고 팔아버렸으니, 사내는 정말 괴로웠을 거예요. 그러니 활활 타오르는 불길을 보며 아내를 떠올렸겠지요. 그런데 '안'은 아주 현실적으로 사내에게

이야기해요. 사내에게는 따뜻한 위로가 필요했을 텐데 말이죠. 심지어 '안'은 사내의 그런 모습을 보며 웃기다고까지 합니다.

'나'는 불길이 어떻게 움직이는지를 천천히 공을 들여 묘사합니다. 그런 '나'의 생각을 따라가다 보면 참 시시껄렁하다 싶어요. 그사이 '나'는 무언가가 날아가는 것을 봅니다. 옆에 있는 사내의 행동도 알아차리지 못할 만큼 '나'는 불구경에 심취했군요. 하지만 그 행동이 '나'에게 그다지 의미 있게 보이지는 않아요.

불구경을 하다가 사내는 가지고 있던 돈을 모두 불 속에 던져버렸어요. '안'은 그것이 돈이었다는 것을 짐작하고 있는 듯해요. 그러니 경찰에게 사내 대신 변명을 할 수 있었겠지요. 물론 그 변명도 찬찬히 보면 앞뒤가 맞지 않지만요. 그러면서 '안'은 사내에 대해 "말하자면 좀 돌았다고 할 수 있는 사람이지만 나쁜 짓은 결코 하지 않는 장사꾼"이라고 이야기했군요. 그 말을 통해 우리는 '안'이 사내를 어떻게 생각하는지 알 수 있어요. 게다가 '안'은 사내에 대해 잘 모르면서 제멋대로 사내를 평가하고 있어요. 서로를 품어주지 못하는 관계의 단절을 세 인물의 모습을 통해 다시금 확인할 수 있습니다.

불구경 이야기는 세 사람이 함께 있었던 시간을 서술한 것 가운데 가장 많은 분량을 차지하고 있어요. 이 이야기 속에서 독자들은 등장인물들이 가지고 있는 상대방에 대한 생각도 찾아낼 수 있어요. 또한 같은 공간에 함께 있었던 세 사람이 바라보고 이야기하고 했던 것이 모두 다 제각각이었음을 보여주고 있기도 해요.

사내는 왜 한밤중에
월부 책값을 받으러 갔나요?

"죄송합니다. 이렇게 너무 늦게 찾아와서. 실은……."

"누구시죠? 술 취하신 것 같은데……."

"월부 책값 받으러 온 사람입니다."

'월부 책'이 무엇일까요? '월부'는 "물건 값이나 빚 따위의 일정한 금액을 다달이 나누어 내는 일. 또는 그 돈"을 뜻해요. '할부'와 비슷한 말이지요. 그럼 '월부 책'은 말 그대로 '책값을 다달이 일정하게 나누어 내기로 약속하여 산 책'쯤 되겠군요. 사내의 직업은 이 단어 덕분에 확실히 드러납니다. 사내는 '나'와 '안'에게 말한 것처럼 '서적 할부 판매 외교원'이 맞았어요. 사내는 적어도 두 사람에게 거짓말을 하지는 않았군요.

소설에서 "제법 깨끗한 코트를 입고 있었고 머리엔 기름도 얌전하게 발라서"라고 표현되어 있는 사내의 외모 역시 외교원의 분위기를 풍기고 있어요. '외교원'이라는 말도 낯설지요? '외교원'은 '직접 고객을 방문하여 물건을 팔거나 선전하는 사람'을 말해요. 흔히 '영업 사원, 판매 사원(세일즈맨)'이라고 불리죠.

서적 판매 외교원은 서적 목록과 팸플릿을 가지고 학교, 사무실,

가정 등을 방문하여 책에 대해 설명하고 구입을 권유하는 일을 했어요. 예전에는 외교원이 바깥에서 일을 하는 데다가 보수도 낮은 편이어서 환영받는 직업이 아니었다고 해요. 하지만 요즘에는 꼭 그렇지만도 않아요. 능력이 뛰어난 영업 사원들은 수입이 상당히 많으니까요.

그런데 사내는 왜 그 늦은 시간에 월부 책값을 받으러 갔을까요?

사내는 '나'와 '안'과 함께 있고 싶어 해요. 그러려면 여관비가 필요했겠지요. 돈이 없었던 사내는 받아야 할 월부 책값이 있다는 걸 떠올렸어요. 그랬기에 사내는 월부 책값을 받으러 갔던 거지요. 그런데 엄밀히 말하면 월부 책값은 사내의 돈이 아니에요. 그 순간 사내는 절실하게 돈이 필요했기 때문에 밤이 많이 깊었지만 고객의 집으로 갈 수 있었던 것이죠. 하지만 그 늦은 시간에 월부 책값을 받으러 온 사람에게 돈을 지불할 고객이 과연 있을까요? 그 시간에 책값을 주고받는 것 자체가 이상한 일이니까요.

한편 외교원들이 월부 책값을 받으러 갈 때는 장부와 봉투 같은 걸 들고 갔어요. 매달 내기로 한 책값을 봉투에 담아 외교원에게 주면 외교원은 봉투 겉면에 해당 월과 금액을 적어 주고 도장 같은 걸 찍은 다음 장부에도 적었다고 해요. 이 봉투와 장부가 각자에게 영수증 역할을 한 것이지요.

아무튼 사내는 왜 돈이 그렇게 필요했을까요? 사내와 '나'와 '안'의 관계는 '사내에게 남아 있던 돈이 모두 없어질 때까지' 맺어진 일종의 계약 관계였기 때문이지요. 사내는 혼자 있기 싫었고, 그러려면 그 계약을 유지하기 위해 돈이 필요했어요. 그래서 월부 책값을 꼭 받아야만 했지요. 하지만 결국 사내는 월부 책값을 받지 못했어요.

사내는 외로움을 이겨내기 위해서 아내의 시체를 판 돈까지 썼지만 그 결과는 성공적이지 않았어요. 자신의 슬픔도 그대로고, 절망도 그대로였으니까요. 게다가 돈은 의미 없이 다 써버리고 말았어요. 타인과 함께 있으려면 돈이 필요했지만 결국 돈도 구하지 못했어요. 그 상황에서 사내의 절망과 슬픔은 정말 깊었을 거예요. 그래서 사내는 그 자리에서 "여보"라고 중얼거리며 울 수밖에 없었겠지요.

통행금지가 무엇인가요?

"나 혼자 있기가 무섭습니다." 그는 벌벌 떨며 말했다.
"곧 통행금지 시간이 됩니다. 난 여관으로 가서 잘 작정입니다." 안이
말했다.
"난 집으로 갈 겁니다." 내가 말했다.

'안'과 '나'는 사내의 돈을 다 쓴 후 각자의 길로 가려고 해요. '안'은
곧 통행금지 시간이 된다며 여관으로 가서 자겠다고 하고, '나'는 집
으로 가겠다고 합니다. '통행금지', 지금은 낯선 말이지만 그 시대에는
밤 시간에 일반인의 통행을 금지한 통행금지 제도가 있었어요.

매일 밤 12시, '애~앵~' 통행금지 시작을 알리는 사이렌이 울려 퍼지면 병원이나 파출소 같은 시설을 제외하고는 상가와 가로등의 모든 불빛이 꺼집니다. 서대문 로터리에는 차가 다닐 수 없도록 철제 방어벽이 놓였고요. 골목에는 2인 1조 방범대원들이 나무로 만든 딱따기를 치며 "통금~"이라고 길게 소리치며 다녔습니다. 달리던 차도, 상점의 불빛도, 사람의 발걸음도 일순간에 사라지면서 거대한 도시는 갑자기 정적에 휩싸이지요.

밤 12시만 넘으면 골목마다 집에 가려는 사람과 방범대원 간의 쫓고 쫓기는 숨바꼭질이 벌어졌어요. 시민들은 종종걸음을 치며 귀가 전쟁을 치러야 했고, 총알택시가 생겨나고, 택시 합승이 기승을 부렸지요. 술꾼들은 아예 새벽까지 술집에서 나오지 않고 술을 마셨고, 막차를 놓친 서민들은 여관 신세를 져야 해서 여관의 수입이 짭짤했다고 합니다. 그리고 일부러 통금을 이용해서 연애를 하는 연인들도 있었다고 하네요.

통금 시간에 돌아다니다가 잡히면 어떻게 되었을까요? 가까운 파출소로 끌려가 파출소 철장 안에 갇혀 있다가 새벽 4시쯤 화물차가 각 파출소를 돌아다니며 통금 위반자들을 태워 경찰서 유치장으로 끌고 갔어요. 이어서 순서를 기다려 즉결 심판을 받고 벌금을 낸 후에야 비로소 풀려났답니다.

하지만 특별한 날에는 통행금지를 실시하지 않았어요. 크리스마스와 연말연시 등이 바로 그 날인데, 이날 밤에는 너도나도 서울 도심으로 쏟아져 나와 밤거리를 즐기는 인파로 발 디딜 틈이 없었다고 합니다. 그리고 평일에도 열차가 늦게 도착하는 등 어쩔 수 없는 사정이 생길 때에는 '야간 통행증'을 나누어 주기도 했답니다.

통행금지 제도는 1982년 1월 5일에야 비로소 일부 전방과 해안 지역을 제외하고 전국적으로 해제되었어요. 야간 통행금지의 상징인 서대문 로터리를 가로막았던 방어벽도 1945년 이후 37년 만에 걷히게 되었지요. 그 이유는 바로 서울올림픽을 유치하기 위해서였어요. 통행금지를 그대로 두고 국제적인 스포츠 행사를 치를 수 없었기 때문이었죠. 그리고 군사정권 하에서 억압된 사람들의 심리를 해소해 주는 차원에서 선심을 쓰는 정책이기도 했어요. 야간 통행금지 해제는 국민의 기본권과 자율권을 회복한 상징적인 사건이었지요.

통행금지가 해제됨에 따라 국민의 일상에도 많은 변화가 왔어요. 버스와 지하철은 자정 이후까지 연장 운행되었고, 택시 영업도 밤새도록 계속되었습니다. 밤샘 영업 간판을 내건 가게들도 속속 등장했고요. 극장에서는 심야 영화를 상영하여 화제가 되기도 했어요. 산업계는 2교대 근무를 3교대 근무로 바꾸어 공장을 하루 24시간 내내 가동하며 경제 활동이 활성화되기도 했답니다.

통행금지 제도는 야간에 발생하는 범죄를 사전에 예방한다는 순기능도 있었으나, 국민의 기본권인 신체의 자유를 구속한다는 비판을 받아왔고, 또 정권의 문제에 저항하는 국민이나 정치인을 압박하는 수단으로 쓰이기도 했답니다.

그들은 지금 서울 어디쯤에 있나요?

"안 형은 오늘 저녁엔 서대문 근처에서 살고 있었군요."

"예, 서대문 근처에서만……."

"난 종로 2가 쪽입니다. 영보빌딩 안에 있는 변소 문의 손잡이 조금 밑에는 약 2센티미터가량의 손톱자국이 있습니다."

이 소설에는 유독 서울의 지명이 많이 언급돼요. 서울에 살지 않는 사람도 그 장소들이 궁금해질 지경이지요. 그런데 정작 이 남자들이 술을 마시고 있는 장소가 어딘지는 나오지 않아요.

　지금부터 세 남자의 위치를 추적해 볼까요. 서울이 워낙 넓은 도시라 정확한 장소를 찾는 것이 쉬운 일은 아니겠지만, 소설에 나온 단서들을 잘 찾아보면 대강의 위치 정도는 알 수 있을 겁니다. 세 인물의 말에 언급되거나 실제 배경으로 제시된 곳을 기준으로 그들이 있는 장소를 찾아봅시다.

'나'가 있던 곳 - 서울의 유흥 1번지, 종로와 을지로

　'안'과의 대화에서 답답함을 느낀 '나'는 '안'을 골려주려고 쓸데없는 소리를 시작해요. 나중에는 아주 탄력이 붙어서 온갖 장소를 다

언급합니다. '나'가 언급한 장소는 평화시장부터 화신백화점, 단성사, 을지로 3가, 영보빌딩까지 주로 종로와 을지로 쪽입니다. 이곳은 당시 서울 최고의 유흥가예요. 구청(아마도 종각역 옆에 있는 종로구청이거나 을지로 아래에 있는 중구청) 병사계에서 일하는 '나'는 퇴근 후의 시간을 주로 이 근처에서 보내는 듯합니다. '나'가 술집과 여자에 대해 많이 이야기하는 것으로 보아, '나'는 이 근방에서 술을 마시거나 사람들을 구경하는 일로 여가를 보내는 듯해요. 아마 오늘도 일을 마치고 습관처럼 술을 마시러 온 것이겠죠. 그러므로 '나'는 지금 직장 인근인 종로 혹은 조금 더 남쪽인 을지로와 명동, 그것도 아니면 조금 더 먼 남대문이나 동대문 즈음에서 온 것으로 짐작할 수 있겠어요.

'안'이 있던 곳 – 여러 대학과 인접한, 서대문

자신을 골려주려 했던 '나'의 말에 '안'은 갑자기 열렬히 반응하며 몇몇 장소를 쏟아내요. 서대문 버스 정류장, 적십자병원, 서대문 근처 기찻길까지. '나'에 비해 언급한 장소가 적고 다닥다닥 붙어 있는 것으로 볼 때, '안'은 주로 이 근처에서 생활하고 있는 것이 분명합니다. 그리고 이러한 추측을 가능하게 해주는 또 하나의 단서! 그것은 '안'이 바로 대학원생이라는 겁니다. 서대문역 인근 4킬로미터 내에는 감리교신학대학교, 연세대학교, 서강대학교 등이 자리 잡고 있어요. 아마도 '안'은 이 학교들 가운데 하나에 다니고 있을 거예요. 그리고 오늘은 하숙방에 들어가지 않고 습관처럼 술을 한잔 마시러 나온 것이겠지요. 서대문 인근에는 큰 유흥가가 없으니 유흥가가 많은 동쪽으로 걸었을 테고, 서대문의 동쪽에는 바로 종로와 을지로, 남대문, 명동이 있습니다.

'사내'가 있던 곳 – 아내의 시신을 팔았던, 세브란스 병원

사내가 있었던 장소도 한번 생각해 볼까요. 사내는 오늘 아내의 시신을 병원에 팔았어요. 그 병원은 바로 세브란스 병원입니다. 이 병원은 연세대학교 근처에 있지요. 연세대학교는 서대문에 인접해 있어요. 위치상으로 볼 때 그는 오늘 '안'과 비슷한 장소에 있었을 거예요. 그리고 정처 없이 걷고 걸어 유흥가가 있는 동쪽으로 왔겠지요. 그 동쪽이 어디라고요? 바로 종로와 을지로, 남대문, 명동입니다.

'그들'이 가는 곳 – 남영동

선술집에서 나온 그들은 근처 중국요릿집에 들렀다가 다시 거리로 나와 근처 양품점에서 넥타이를 사요. 그리고 종삼과 관련된 얘기를 나누다가 택시를 잡아타고 불구경을 가지요. 그리고 도착한 곳이 바로 남영동입니다. 택시를 탔다는 것은 불이 눈에 보이지 않을 정도의 거리라는 이야기가 되니까, 도보로 걷기엔 좀 애매한 곳이겠네요. 그러나 세 인물이 남영동에 금세 도착하는 것을 보면 그리 멀지도 않은 곳입니다. 지도에서 보면 남영동은 용산구에 속해 있지만 중구와도 가까워요. 그리고 그들을 지나쳐 화재를 진압하러 가던 소방차는 어디에서 왔을까요? 1960년대 서울 도심에서 가장 큰 소방서는 태평로 2가에 있었던 중부 소방서였습니다. 그리고 이곳에서 남영동까지는 차로 5분 거리였어요. 남영동은 중구 쪽 관공서들과 인접해 있으므로 그들이 중구 어귀에서 왔다고 생각할 수 있지요. 그러면 그들이 온 곳은 어디일까요? 그렇습니다. 그들은 남대문 혹은 명동 인근에서 술 한잔을 마시다 여기까지 온 것입니다.

고독한 여관

숙박계를 거짓으로 써도 되나요?

숙박계엔 거짓 이름, 거짓 주소, 거짓 나이, 거짓 직업을 쓰고 나서 사환이 가져다 놓은 자리끼를 마시고 나는 이불을 뒤집어썼다. 나는 꿈도 안 꾸고 잘 잤다.

숙박계는 여관에서 숙박인의 성명, 주소, 행선지 등을 적는 서류를 말해요. 까만 표지에 까만 끈으로 묶여 있고, 볼펜이 대롱대롱 매달려 있었지요. 여관 입구에서 주인에게 숙박비를 치를 때 쓰거나, 방에서 종업원이 물주전자와 함께 숙박계를 들고 오면 그때 쓰기도 했답니다.

이러한 숙박계는 일제강점기에 독립운동가를 색출하기 위해 만들어진 '위생법'의 잔재로, 불시에 방에 들어와 인적 사항과 숙박 목적 등을 캐묻는 임검(임시 검문)과 더불어 범죄 예방과 범인 검거를 목적으로 1980년대까지 유지되었어요.

'나'가 숙박계에 거짓 인적 사항을 쓴 첫 번째 이유는, 숙박계에 인적 사항을 적어놓으면 이 여관에서 어떤 사건이 일어났을 때 경찰의 수사 대상이 될 수 있기 때문이에요. 그런 번거로운 일을 피하고 싶었던 것이죠.

두 번째 이유는 사내를 위로해 주어야 한다는 부담감에서 벗어나기 위해서예요. '나'는 상처 입은 사내를 챙겨주어야 한다는 부담감, 또는 사내를 위로해 주어야 한다는 책임감을 느꼈을 거예요. 그리고 어쩌면 사내에게 무슨 일이 생길 것임을 어느 정도 짐작하고, 그 일에 연관될 가능성으로부터 도망치기 위해 거짓으로 인적 사항을 썼을지도 몰라요.

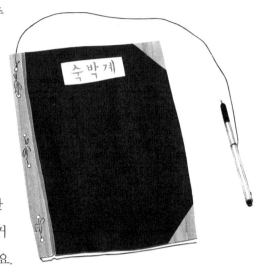

이 상황에 대한 책임으로부터 벗어나게 해주는 거짓 인적 사항을 써놓고, 사내로부터 벗어나 홀가분해지고 싶었을 겁니다.

그러고 보면 세 사람은 '장부에 거짓 이름을 쓰자'고 약속한 적이 없습니다. 마치 늘 그랬던 것처럼 아무렇지도 않게 거짓 인적 사항을 쓰고 있지요. 당시에는 숙박계를 거짓으로 쓰는 사람이 많았지만, 작가는 이 부분을 콕 집어서 '거짓'이라는 말을 네 번이나 반복합니다. 사람들 사이에 섬처럼 존재하는 소외감과 거리감, 진실한 관계 맺기를 거부하는 모습을 '거짓'이라는 말로 나타내려고 한 것인지도 모르겠네요.

방을 왜 한 사람씩 따로 잠았나요?

"방은 각각 하나씩 차지하고 자기로 하지요."
"혼자 있기가 싫습니다."라고 아저씨가 중얼거렸다.

세 사람은 같은 방에 묵을 수도 있었지만, 끝내 '안'의 의견대로 각자 방에 들어가게 돼요. '안'은 사내, 즉 낯선 사람과 한방에서 함께 밤을 보내기 싫어하는 마음을 그대로 드러내고 있어요. 우리가 생각해도 오늘 처음 만난 낯선 남자와 한방에서 묵는다는 것은 굉장히 불편하고 피곤한 일일 거예요. 그래서 '안'은 각자 방을 잡자고 이야기하고 있네요. '안'이 단호하게 말을 하니 '나'도 굳이 사내와 함께 방에 묵자고 고집하지 않아요.

그러나 사내는 '안'과 '나'에게 혼자 있기 싫다며 함께 밤을 보내주기를 청하고 있어요. 가난해서 사랑하는 아내의 병을 고쳐주지 못한 미안함, 그런 아내가 죽어버린 슬픔, 또 아내의 시신을 어쩌지 못해 병원에 돈을 받고 팔아버린 죄책감 등으로 사내는 굉장히 불안하고 위태로워 보여요. 이런 사람을 혼자 두면 자신에 대한 괴로움이 너무 커져서 어떤 행동을 할지 모르죠.

이렇게 심리적으로 위태로운 사람은 옆에서 따뜻한 관심과 애정을

보여줄 필요가 있어요. 하지만 '안'은 사내를 외면해 버려요. 사내와 엮이게 되면 귀찮은 일이 생길지도 모르고, 또 사내가 나쁜 마음을 먹지 않도록 위로해 주어야 한다는 것이 부담스러웠겠죠. 그래서 결국 '안'과 '나'는 피곤하다며 각자의 방에 들어가 버립니다. 그리고 그날 밤 사내는 쓸쓸히 목숨을 끊고 말아요.

방은 벽으로 둘러싸인 공간이에요. 벽은 방 안과 밖을 차단하는 구실을 하지요. 그러니 다른 사람들과 거리를 둘 수 있는 장치, 사람들 사이의 마음을 가로막는 것으로도 이해할 수 있을 것 같아요. 이러한 벽으로 둘러싸인 방은 다른 사람에게 간섭받고 싶지 않고 또 무관심해도 되는 공간으로써 존재하는 셈입니다.

　함께 있어달라고 부탁하는 사내를 버려두고 벽을 사이에 둔 각기 다른 방에 들어가 버리는 '안'과 '나'의 행위를 통해, 타인의 삶과 자신을 무관하게 여기고 고립된 삶을 살아가는 현대인의 모습을 읽을 수 있습니다.

사내가 자살할 것을 어떻게 알았을까요?

"난 그 사람이 죽으리라는 것을 알고 있었습니다." 안이 말했다.
"난 짐작도 못 했습니다."라고 나는 사실대로 얘기했다.

'안'은 사내가 죽을 것을 알고 있었다고 해요. '나'는 '짐작도 못했다'
는 말을 여러 번 반복하고 있지만, 어쩌면 눈치채고 있었으면서도 모
른 척했는지도 몰라요.

그렇다면 '안'은 어떻게 사내가 죽을 것을 알았을까요? 명탐정 셜록
홈즈의 친구인 왓슨의 도움을 받아 '안'의 추리를 들어봅시다.

 아니, 자네는 사내가 죽을 것을 어떻게 알았나?

관찰력만 있으면 그 정도 아는 것은 식은 죽 먹기예요. 자살의 징후는
첫째, 무기력과 우울감이죠. 무기력과 우울감을 느끼는 사람이 자살하
는 경향이 많다는 뜻입니다. 정신 질환 중에서 자살로 이어지는 것은 우울증
밖에 없지요. 사내는 처음 만났을 때부터 뭔가 이상했어요. 눈시울이 유난히
새빨갰고, 목소리에 힘도 없었지요. 뭔가 심각한 고민이 있는 상태였을 거예

요. 술자리에 끼어들면서 그렇게 힘없이 다가오는 사람은 거의 없으니까요.

힘이 없다는 것이 그렇게 큰 문제가 되나? 더 말해보게.

그런데 이 사내의 수상한 점은, 가난뱅이 냄새가 나는데도 많은 돈을 가지고 있었단 거예요. 중국요릿집에서 비싼 통닭을 시켰지요.

그러고 보니 뭔가 이상하군.

그래서 대화를 나눠보니 그날 낮에 아내가 죽었던 거예요. 게다가 아내의 시체를 병원에 팔았지요. 자살의 징후 둘째는 과도한 스트레스입니다. 스트레스가 높을수록 자살하는 경향이 높지요. 가장 큰 스트레스가 뭔지 아세요? 성인의 경우 배우자의 사망으로 인한 스트레스가 아주 높다는 것이 증명되었어요. 그리고 2008년 질병관리본부의 통계에 따르면, 20대 이후 자살 시도 동기 1순위가 연인과의 갈등 또는 배우자와의 갈등이래요. 아내가 갑자기 죽고, 그 시체를 병원에 팔았으니 그 슬픔과 절망감이 얼마나 컸겠어요. 자살 가능성이 상당히 높은 상황이지요.

오, 자네 꼭 셜록 홈즈 같군!

그뿐만이 아니었어요. 자살의 징후 셋째, 자살하는 사람은 자살 신호를 보내지요. 주변 사람들에게 자살하고 싶다고 말하거나, 자기가 가진 물건을 나누어 주거나, 자살 도구를 모으기도 해요. 사내는 가난뱅이면서도 우리에게 "오늘 돈을 다 써버리고 싶다"고 말했습니다. 제법 큰돈인데도 말이에요. 게다가 불 속에 돈을 던져버리기도 했어요. 죽음을 결심했기 때문에 필요가 없어진 것이죠.

 역시, 홈즈의 말대로 눈 뜨고도 진실을 못 보고 있었군! 또 말해보게.

 자살의 징후 넷째, 평소와 다른 행동과 급격한 기분 변화예요. 자살을 앞둔 사람은 평소에 안 하던 행동을 하고, 격한 정서 불안 상태를 보이지요. 중국집에서 나왔을 때 사내는 한쪽 눈으로는 울고 다른 쪽 눈으로는 웃고 있었어요. 곧이어 양품점 쇼윈도 앞에서는 넥타이를 사라고 호통을 쳤고요. 굴 장수 앞에서는 "아내는 굴을 좋아했다."라고 소리를 지르면서 돌진하기도 했답니다.

 그러고 보니 한밤중에 월부 책값을 받으러 가서 비명 같은 높은 소리를 지르고, "여보"를 되뇌며 골목에서 울기도 했었어! 옛날 할머니들이 '사람이 죽을 때가 다 되면 변한다'더니…… 사내가 딱 그 모양이군.

 이제 좀 머리가 돌아가는군요. 여관에 들어가서 "혼자 있고 싶지 않다"고 말했을 때, 나는 그가 이 여관에서 자살할 것을 짐작했지요. 그래서 피곤하다고 핑계를 대며 방에 들어가 버린 거예요.

 과연! 자네, 놀랍군. 대학원생은 뭔가 달라!

개미가 왜 발을
붙잡는 것 같다고 느꼈나요?

나는 급하게 옷을 주워 입었다. 개미 한 마리가 방바닥을 내 발이 있는 쪽으로 기어 오고 있었다. 그 개미가 내 발을 붙잡으려고 하는 것 같은 느낌이 들어서 나는 얼른 자리를 옮겨 디디었다.

'나'는 사내의 죽음을 외면하고 도망가려고 할 때 개미가 발을 붙잡으려는 느낌이 들었다고 했어요. 개미가 사람의 발을 붙잡는 일은 실제로 일어날 수가 없어요. 하지만 '나'는 누군가 자신의 발을 붙잡는 것 같은 느낌이었나 봅니다. 도둑이 제 발 저린 것일까요.

개미는 '나'의 죄책감 또는 양심의 가책을 의미한다고 볼 수 있어요. 그래서 누군가의 죽음을 외면하는 '나'를, 인간으로서의 도리보다 자신의 편의만을 추구하는 '나'를 멈칫하게 하는 것이죠.

한편으로는 개미를 죽은 사내의 분신으로 생각해 볼 수도 있어요. 자신을 버리고 가지 말라고, 외로움 속에서 쓸쓸히 죽어간 자신을 기억해 달라고 말하고 싶어서 개미로 환생해서 다시 '나'의 앞에 나타난 것은 아닐까요.

그런데 '나'는 왜 하필 개미가 자신을 붙잡는다고 느꼈을까요? 개미는 매우 작은 존재이고, 혐오감이나 공포감을 주는 존재도 아니에

요. 보고도 못 본 체할 수 있을 정도의 하찮은 존재라고 할 수 있지요. 그렇다면 '나'가 사내의 죽음을, 또는 그것으로 인한 양심의 가책을 작고 하찮게 느낀 것은 아닐까요? 그렇게 본다면 '나'는 사내의 죽음을 뒤로한 채 개미만 한 양심의 가책도 느끼고 싶지 않아서 도망쳐 나와버렸다고 볼 수 있겠네요.

그런데 개미가 '나'의 발을 붙잡으려 하는 느낌이 들자 '나'는 얼른 발을 옮겨 디뎌요. 결국 개미는 '나'의 발을 붙잡지 못했네요. 만약 개미가 '나'의 발을 붙잡았다면 사내의 죽음을 외면하고 도망치는 대신 다른 행위를 할 수도 있었을까요?

'안'은 왜 늙어버린 것 같다고 했을까요?

"그 뭔가가, 그러니까……." 그가 한숨 같은 음성으로 말했다. "우리 가 너무 늙어버린 것 같지 않습니까?"

왜 '안'은 사내의 죽음을 접하고 스물다섯인 자신이 너무 늙어버린 것 같다고 생각한 걸까요? 가만 보면 '나'는 사내의 죽음에 감정적으로 대응해요. "씨팔것, 어떻게 합니까? 그 양반 우리더러 어떡하라는 건 지……."라고 말하면서요. 하지만 '안'은 "혼자 놓아두면 죽지 않을 줄 알았습니다. 그게 내가 생각해 본 최선의, 그리고 유일한 방법이었습 니다."라고 냉정하게 말하지요.

'사내'의 죽음에 대해 동갑내기인 두 사람의 태도는 이렇게 다릅니 다. 한 사람은 감정적이고, 또 한 사람은 지나치게 냉정해요. 이 차이 는 결국 스물다섯이 될 때까지의 그들의 삶과 관련이 있다고 볼 수 있어요.

스물다섯의 '안'과 '나'는 지금까지 서로 다른 경험을 했어요.

'나'는 사관학교 시험에도 떨어져 봤고, 30개월이 넘게 군대 생활도 했고(1959년 육군 복무 기간은 33개월이었고, 1962년 육군 복무 기간 은 30개월이었어요. 이때 해군과 공군은 복무 기간이 계속 36개월이었습니다.), 서울에 살면서 이런저런 사람들도 만나보았겠지요. '나'는 심각한 것도 그리 좋아하지 않고 눈에 보이는 그대로를 보고 믿고 살아가는, 어찌 보면 속물적으로도 보이는 아주 평범한 소시민이에요.

하지만 '안'은 부유한 집의 장남이면서 대학원생이었으니 '나'처럼 쓸쓸한 세상살이를 겪어보진 않았을 거예요. '데모'의 실패 말고는 그렇게 큰 좌절을 겪어본 것 같지도 않아요. 또한 '꿈틀거림'에 대한 생각에서도 드러나듯 현실에 대해 고민하고 눈에 보이는 현상의 뒤편에 숨어 있는 무언가에 대해 끊임없이 생각하려고 했어요.

결국 '나'는 '안'에 비해 세상에 부딪혀 본 경험은 많으나 그 경험이 지닌 의미를 깨닫지 못한 인물이고, '안'은 경험은 부족하나 그것이 지닌 의미를 깨닫기 위해 끊임없이 고민하는 인간형이라 볼 수 있군요.

동갑이지만 다른 삶을 살았던 두 사람은 사내의 죽음에 대해 다른 반응을 보이기도 하지만 사내의 죽음을 통해 무언가 생각하게 됩니다. 특히 '안'은 사내의 죽음으로 큰 충격을 받았어요. 그래서 '안'은 두렵다고 하고 늙어버린 것 같다고 하며 곰곰이 생각하는 모습을 보입니다.

어젯밤까지 자신들과 함께 있던 사람이 하룻밤 사이에 허무하게 죽어버렸어요. 사내의 죽음으로 인간의 죽음이 이처럼 초라하고 무의미할 수도 있다고 생각하게 된 '안'은 두려움에 휩싸입니다. 추상적으로만 생각해 왔던 삶과 죽음의 문제를 '안'은 사내의 죽음을 통해 눈앞에서 마주하게 된 것이죠. 그 죽음은 생각했던 것보다 충격적이었나 봅니다. 그래서 '안'은 죽음을, 그 모든 것을 아무것도 아닌 것으로 만드는 어떤 강한 것이라고 여기게 된 듯해요.

'나'와 '안'은 사내를 그냥 두고 도망치듯 여관을 나옵니다. '안'은 사내의 죽음을 '나'와 같이 외면하고 만 것이죠. 게다가 사내의 죽음에 대해 '나'와 아주 덤덤하게 이야기를 나눕니다. '안'은 죽은 사내를 두고 도망치고 그 죽음을 아무렇지 않게 생각하는 자신의 모습이 사내의 죽음보다 더 충격적이었을 수도 있었을 거예요.

스물다섯과 늙음, 참 어울리지 않네요. 스물다섯이라면 젊디젊은 나이인데 왜 '안'은 '늙음'을 이야기했을까요? 사내의 죽음은 분명 '안'에게 정신적으로 큰 충격을 주었어요. '안'은 사내의 죽음과 엮이지 않으려고 도망치는 자신의 모습을 통해 자신 역시 '재미'를 추구하는 '나'와 다를 것 없는 사람이라는 것을 깨달았어요. '안'은 속물이 되어 가고 있는 자신의 모습을 발견하고는 그것을 받아들이기가 어려웠던 것이지요. 게다가 '안'은 사내의 죽음을 대하는 자신과 '나'의 태도를 보며 어른이 된다는 것은 그렇게 속물이 되어가는 것임을 깨달았어요. 그 씁쓸한 마음에 '안'은 내리는 눈을 맞으며 무언가를 곰곰이 생각하고 서 있을 수밖에 없었겠지요.

'안'과 '나'는 도망가도 죄가 없나요?

"아직까진 아무도 모르는 것 같습니다. 우선 빨리 도망해 버리는 게
시끄럽지 않을 것 같습니다."

판사 지금부터 1964년 ○월 ○일 '사내'
의 자살 사건에 대한 피고 '안'과 '나'
의 재판을 시작하도록 하겠습니다. 검
사 측과 변호사 측, 각각 변론하세요.

검사 유죄입니다! '안'은 사내가 자살할
것을 알고도 '나'의 권유를 무시한 채
방을 따로 썼으며, 화투를 치자는 권

유도 거절하였습니다. 이러한 행동은 '안'이 사내의 죽음에 직접적으
로 관련되고 싶지 않아 계획적으로 사내를 피한 것입니다. 또한 다음
날 아침에 '나'에게 "우선 빨리 도망해 버리는 게 시끄럽지 않을 것"이
라고 말하며 '나'와 함께 도망친 것도 자신들이 사내의 죽음과 관련
이 있다고 생각하여 경찰의 조사를 피하려 한 것임을 반증합니다.
　'나'는 사내를 생각해서 모두 한방에 들자고 제안하였고, 화투를

치고 놀 것을 제안하기도 하였습니다. 그러나 '나' 또한 '안'이 이를 거절하자 곧바로 '안'과 같이 사내를 혼자 두었습니다. 다음 날 '안'이 사내의 죽음을 알리자 사람들이 알고 있는지를 먼저 물었으며, 사내의 죽음에서 도망치기 위해 '안'과 함께 황급히 여관을 떠났습니다. 또한 사내를 두고 방으로 들어가기 전 숙박계에 거짓 이름과 거짓 주소를 쓴 것, 아침에 '안'에게 사내의 죽음을 짐작도 못 했다는 말을 수차례 반복한 것 또한 의심스럽습니다.

　우리 법은 생명을 중요하게 생각합니다. 만약에 자살하도록 마음먹게 하거나 자살하기 쉽도록 도왔는데 자살이 실패하거나 자살하지 않았다 하더라도 미수범으로 처벌됩니다(형법 253조, 254조). 자살방조죄에는 자살하려는 사람에게 조언 또는 격려를 한다거나 자살 카페를 개설하는 등 기타 적극적, 소극적, 물질적, 정신적 방법이 모두 포함됩니다. 형법에 따라 '나'와 '안'은 1년 이상 10년 이하의 징역을 선고받을 수 있으며, 공소 시효는 10년입니다.

변호사　무죄입니다! '안'은 사내가 죽기를 바라고 사내를 혼자 둔 것은 아닙니다. '안'에게는 사내를 혼자 둔 것이 최선의, 그리고 유일한 방법이었습니다. 그래서 "혼자 주무시는 게 편하실 거예요."라고 말하며 사내가 혼자 잘 것을 권하였습니다.

　'안'은 자살할 것을 알았을 때 무엇을 해야 할지 제대로 몰랐던 것일 뿐이었습니다. "놓아두면 죽지 않을 줄 알았다"고 말한 것으로 미루어 보아 사내가 죽지 않기를 바랐으며, 혼자 두는 것으로 나름대로의 최선을 다했다고 볼 수 있습니다. '나'에게 사내의 죽음을 알리면서 "짐작했다고 하면 어떻게 하겠어요?"라고 되물은 것 또한 '안'이 사내에게 무엇을 해주어야 할지 몰랐던 것뿐임을 증명합니다. 또한 '안'은 아침 일찍 방에 가서 사내의 생사를 확인했습니다. '안'은 사내가 자살할까 봐 신경을 쓰고 있었던 것입니다.

더구나 '나'는 사내의 괴로움을 배려하여 더욱 적극적으로 행동하였습니다. 사내에게 방을 같이 쓰자고 제안하기도 하고, 셋이서 화투를 치자고 제안하는 등 여러 가지로 노력하며 사내의 죽음을 막으려한 흔적이 보입니다. 단지 사내의 죽음에 당황하여 이들이 자리를 떠난 것만으로 죄를 물을 수는 없습니다. 사람은 누구나 당황하게 되면 얼른 피하고 싶은 것이 인지상정입니다. 하룻밤 술을 같이 마신 정도의 친분밖에 없는 사람이 갑자기 죽었으니 얼마나 당황했겠습니까?

자살과 관련하여 우리 형법에는 '자살관여죄, 자살교사죄, 자살방조죄' 등이 있지만, 자살자가 자살하려는 의도를 알고 자살하도록 시키거나 도운 구체적인 행동이 있어야 처벌할 수 있습니다. 사내를 두고 신고하지 않고 도망간 행동과 관련해서는 우리 법에 '불고지죄'가 있지만, 이는 '반국가 활동을 한 사람'을 알고 있으면서도 신고하지 않은 경우에만 해당합니다. 따라서 '안'과 '나'

는 무죄입니다.

판사 잘 들었습니다. 배심원 독자 여러분의 생각은 어떻습니까? 그들은 과연 유죄인가요, 무죄인가요?

- 자살관여죄 : 다른 사람이 자살하도록 꾀거나 부추기거나 자살하도록 가만히 두어 누군가를 자살하도록 함으로써 성립하는 범죄.

- 자살교사죄 : 자살할 의사가 없는 사람에게 협박, 유혹, 모욕 따위의 방법으로 자살을 결심하게 하는 죄.

- 자살방조죄 : 자살하려고 하는 사람에게 총이나 칼을 빌려주거나 독약을 만들어 주는 등 도움을 주어 자살을 용이하게 함으로써 성립하는 죄.

- 불고지죄 : 법을 위반한 자를 알고 있으면서도 이를 수사 기관에 알리지 않음으로써 성립하는 범죄.

넓게 읽기

작품 밖 세상 들여다보기

시대

작가

작품

작가 이야기
김승옥의 생애와 작품 연보

시대 이야기
1960년대

엮어 읽기
도시, 그 쓸쓸함에 대하여

독자 이야기
인물들의 주제곡 고르기

독자

김승옥의 생애와 작품 연보

1941(12월 23일) 일본 오사카에서 태어났다. 아버지는 동경 유학생인 김기선, 어머니는 한의사의 딸 윤계자. 장남으로 아명은 학길(鶴吉).

1946(6세) 고향인 순천으로 돌아와 정착. 이때까지는 일본말밖에 몰랐다.

1948(8세) 9월에 안창호가 세운 평양 대성학교에 입학함.

1950(10세) 순천 남국민학교에 입학하여 한국말을 배우기 시작했다. 여순 사건으로 마을의 많은 사람이 피해를 입었다. 이 당시의 체험이 소설 〈건(乾)〉에 반영되어 있다. 김승옥의 아버지도 이때 사망했다. 김승옥의 아버지는 여순 반란이 끝날 무렵 집에 불쑥 들어와 김승옥에게 용돈을 주고 떠났다. 그것이 김승옥이 마지막으로 기억하는 아버지의 모습이었다.

1951(11세) 셋째 여동생 혜경이 죽었다. 혜경은 온종일 울었으나 할머니와 김승옥은 엄마가 보고 싶어서 우는 줄 알고 달래기만 했다고 한다. 밤이 깊었을 때에야 혜경이 아픈 것을 알고 민간요법으로 치료했으나 혜경은 새벽 3시경에 죽고 말았다. 김승옥은 이 일에 대해 《샘터》에 실린 〈사랑을 가르쳐준 여동생〉이라는 글에서 "그 애는 사람을 사랑하는 능력을 나에게 일깨워 준 최초의, 그리고 유일한 사람이었다. 그리고 죽음이라는 것에 대해서 생각해 보기를 내게 권유한 최초의 사람이었다."라고 썼다.

1952(12세) 월간 《소년세계》에 동시를 투고하여 게재된 것이 계기가 되어 이후 동시, 콩트 등의 창작에 몰두했다.

1960(20세) 서울대학교 문리대학 불문과 입학. 그해에 4·19를 체험한다. 문리대 교내 신문 《세새대》 기자로 활동하였다. 1960년 9월 1일부터 1961년 2월 14일까지 한국일보사에서 발행하는 《서울경

제신문》에 〈파고다 영감〉이라는 4컷짜리 시사 만화를 연재하는 아르바이트를 하였다. 이때는 순천 고향집 주소를 딴 '김이구'라는 필명을 썼다.

1962(22세) 한국일보 신춘문예에 단편 〈생명 연습〉이 당선되었으며, 김현, 김치수, 염무웅, 서정인, 최하림 등과 함께 동인지 《산문시대》를 발간한다. 소설 〈건(乾)〉, 〈환상 수첩〉 등을 《산문시대》에 발표하였다.
〈생명 연습〉을 쓸 때의 심정을 김승옥은 이렇게 표현하였다.

"나에게 지독히도 힘거운 서울 생활이 내 생명력의 스프링을 탄력의 한계점 이하로 끌어당겨 버려서 허탈해지기 시작했기 때문에 나는 이번 학기만 마치면 군에 입대하기로 작정하고 있었다. 그렇게 작정하고 보니 뭔가 패배한 것 같고 밀려나는 것만 같아서 억울하고 분하기도 하였다. 그 억울하고 분한 마음도 달랠 겸 일단 서울 생활을 청산하는 기념품을 남기고 싶었는데 그것을 나는 소설 쓰는 일로 삼은 것이다."

1963(23세) 〈누이를 이해하기 위하여〉, 〈확인해 본 열다섯 개의 고정관념〉, 〈역사(力士)〉를 발표함.

1964(24세) 〈무진기행〉, 〈차나 한 잔〉, 〈싸게 사들이기〉 등을 발표함.
〈무진기행〉은 소설가 신경숙이 세 번이나 필사할 정도로 완성도가 높은 작품이다. 소설가 김훈은 자신의 수필집에서 다음과 같이 회고한다.

70년대의 기라성 같은 청년 작가 김승옥이 단편 〈무진기행〉을 발표했을 때, 아버지는 문인 친구들과 함께 우리 집에 모여서 술을 마셨다. 그들은 모두 김승옥이라는 벼락에 맞아서 넋이 빠진 상태였다.
"너 김승옥이라고 아니?"
"몰라, 본 적이 없어. 글만 읽었지."

그들은 '김승옥이라는 녀석'의 놀라움을 밤새 이야기하면서 혀를 내둘렀다. 새벽에 아버지는 "이제 우리들 시대는 갔다"며 고래고래 소리를 질렀다. 나는 식은 안주를 연탄아궁이에 데워서 가져다 드렸다. 아침에 아버지의 친구들은 나에게 용돈을 몇 푼씩 주고 돌아갔다.

그러나 같은 《산문시대》 동인인 김현과 최하림뿐만 아니라 작가 자신도 〈무진기행〉을 진부한 멜로 같다며 별로 마음에 들어 하지 않았다. 〈무진기행〉을 쓸 때를 김승옥은 이렇게 회상한다.

"무진기행의 착상은 우연히 얻어진 것이었다. 어느 날 고향 거리를 우울하게 걷고 있을 때 문득 이런 생각이 떠올랐다. '왜 사람들은 객지에서 실패하면 고향으로 가고 싶어지는 것일까? 귀소 본능이란 인간의 삶을 결정하는 데 뭔가 크게 작용하는 요소가 아닐까?'
또 한 가지 우연히 얻은 소재는 어느 사사로운 모임에 갔더니 서울에 있는 모 음악 대학을 나온 여 선생님이 사람들이 시키는 대로 유행가를 부르는 모습을 보며 문득 '우리나라에서는 대학을 다녔다는 것이 무슨 의미가 있는가!' 하는 서글픔에 잠시 잠긴 일이 있던 거였다. 당시는 대학을 나와도 취직자리 하나 변변찮던 암울한 시대였다. 안개가 낀 듯이 미래가 보이지 않던 시대, 6·25 전쟁으로 전통적인 재산도 가치도 다 파괴돼 버리고 너나없이 속물이 돼버린, 속물이 되지 않고서는 살아남을 것 같아 보이지 않던 불투명하던 시대가 바로 1960년대였고 내 젊은 날의 상황이었다."

〈싸게 사들이기〉에 대해서도 소설가 조해일은 "그것을 읽으면서 그리고 읽고 난 뒤에 느낀 경탄과 질투, 그리고 불에 데인 듯한 충격을 지금도 잊지 못한다."라고 회고하였다.

1965(25세) 서울대를 졸업함.
〈서울, 1964년 겨울〉로 제10회 동인문학상 수상. 〈들놀이〉 발표.
1964년 귀향하여 〈무진기행〉을 썼던 김승옥은 그 이듬해 다시 서울로 올라와 신촌에 살고 있던 희곡 작가 오태석 내외의 단칸방에 끼어 지내면서 〈서울, 1964년 겨울〉을 썼다. 이 작품에 대해 평론가들은 '감수성의 혁명', '전후 문학의 기적', '단편소설의 전범' 등의 평가를 하였다.

1966(26세) 〈다산성(多産性)〉, 〈염소는 힘이 세다〉 등을 발표함.
장편 《빛의 무덤 속》을 《문학》에 연재하다가 중단함.

〈무진기행〉을 '안개'라는 제목의 영화로 각색하면서 시나리오 작가로서 영화계에 발을 들였다.

단편집 《서울, 1964년 겨울》을 출간함.

1968(28세) 〈육십년대식〉을 발표하고, 《신동아》에 〈동두천〉을 연재하다가 2회에 중단한다. 이어령의 〈장군의 수염〉을 각색하여 대종상 각본상을 수상하였다.

김동인의 〈감자〉를 각색, 감독하여 영화로 만들었다. 〈감자〉는 흥행은 못 하였지만 스위스 로카르노 영화제에서 상당한 평가를 받아 프랑스 르몽드 신문에 크게 소개되기도 하였다. 그러나 아내의 반대 때문에 영화감독을 그만두고 시나리오 작업에 매진하였다.

1970(30세) 풍자시 〈오적〉 사건으로 김지하가 투옥되자 이호철, 박태순, 이문구 등과 김지하 구명 운동을 전개하였다. 법정에서 "김지하는 빨갱이가 아니다."라고 증언하기도 하였다.

1970년대 이후 소설보다는 영화계에서 활약하는데 첫째는 김승옥이 시나리오 작가로서 재능이 뛰어났기 때문이고, 둘째는 소설보다 영화가 돈이 되었기 때문이고, 셋째는 다음과 같다. "김지하가 사형 선고를 받고 감옥에 있었잖아. 더 이상 문학을 할 수 없다는 생각이 들더라고."

1976(36세) 〈서울, 1964년 겨울〉을 Roger Leverrier가 프랑스어로 번역하였다. 프랑스어판 제목은 〈Seoul, Hiver 1964〉.

시나리오 〈여자들만 사는 거리〉 집필. 창작집 《서울의 달빛 0장》으로 제1회 이상문학상 수상. 《강변부인》을 일요신문에 연재. 콩트집 《위험한 얼굴》, 수필집 《뜬 세상에 살기에》 출간.

〈서울의 달빛 0장〉에 대해 김승옥은 이렇게 회고한다.

"70년대 때 일이다. 월간 잡지 《문학사상》의 주간이시던 이어령 선생께서는 내가 그 무렵 생계를 위해 영화 각본만 쓰고 소설 쓰기는 등한히 하는 것을 퍽 안타깝게 여기셨다. 이 선생은 내가 대학교 1학년 학생일 때 서울대에 시간 강사로 출강하고 계셨는데 그때부터 가깝게 지내온 터였다. 《문학사상》의 사실상 발행인으로서 나에게 소설 집필의 기회를 여러 가지 방법으로 여러 차례 주곤 하셨다. 당시로서는 최고급 호텔이던 서린호텔에 방을 잡아놓고 돈 걱정은 하지 말고 그 방에서 소설 한 편을 완성하고 나오라는 호의를 베푼 적도 있었다. 글자 한 자 못 쓴 채 하루가 지나갈 때마다 마치 모자라는 돈으로 택시를 탔을 때처럼 미터 요금이 오를 때마다 가슴이 내려앉듯 그 비싼 호텔비가 하루하루 올라가는 것에 나는 신경 쇠약이 되고 말았다. 원고지 한 장도 못 쓴 채 비싼 호텔비, 밥값만 잔뜩 이 선생께 부담시키고 호텔을 틸출한 적도 있었다. 그래도 실망하지 않으시고 77년도엔 장충단공원 근처에 있는 파크호텔에 방 둘을 잡아놓고 한 방에서는 나에게 소설을 쓰게 하고 옆방에는 당시 《문학사상》 편집부장이던 작가 서영은 씨와 편집부 기자이던 이명자 씨를 투숙시켜 내가 백지에 갈겨 써내는 원고를 원고지에 정리한다는 명분으로 내가 도망가지 못하도록 감시시키셨다.

나는 장편으로 구상하고 있던 〈서울의 달빛〉의 프롤로그 150장을 써내고 서장(序章)이라는 뜻에서 제1장 제2장 하듯이 '제0장'이라고 적어보냈다. 제목은 물론 그냥 '서울의 달빛'이었다. 그런데 이 선생께서 "김승옥한테서 다음 제1장의 원고를 받을 수 있다고 기대한다는 건 어리석은 것이다. 이 0章만으로도 단편소설의 완성도를 지니고 있으니……." 그러고서는 본문 맨 처음에 붙여야 할 '0章'이라는 낱말을 제목 밑에 갖다 붙여버린 것이다. 책이 나온 다음에야 나는 제목이 괴상하게 길어졌음을 알았다. 이 선생의 예언대로 나는 그 다음 제1장을 오늘날까지 아직 못 써내고 있다. 가까운 시일 안에 장편소설로 완성하려고 요즘 준비 중이긴 하다."

소설가 서영은은 당시를 이렇게 회고한다.

"저와 다른 편집부 직원하고 둘이서 바로 옆방에 투숙했습니다. 천장 가까이에 아주 작은 창문이 있어 의자를 놓고 거기로 빠끔히 보면 옆방이 보였습니다. 방 안 가득 구겨진 원고지가 눈이 온 것처럼 하얗게 흩어져 있었습니다. 김승옥 선생님은 진행이 잘 안 되는지 손톱으로 한쪽 이마를 긁고 있었는데 거기서 피가 줄줄 흘러내리는 것도 모르는지 계속 긁고 있는 것이었습니다."

1980(40세)　유신 시대가 끝난 후, 새롭게 마음먹고 장편 《먼지의 방》을 동아일보에 연재하기 시작했으나 광주민주화운동에 대한 신군부의 탄압에 환멸을 느껴 연재 15회 만에 자진 중단하였다. 《먼지의 방》 연재 중단에 대해 김승옥은 이렇게 회고한다.

"동아일보에 연재소설이 게재되기 시작했지만 분노와 충격 때문에 소설이 잘 써지지 않았다. 군 검열에서 몇 줄씩 잘리기도 했다. 유신 시절 10년 동안의 젊은 지식인들 이야기이니 계속 써봤댔자 나와 신문사만 골치 아프게 생겼다. 연재 15회 만에 소설 연재를 중단해 버렸다."

1981(41세)　시나리오 〈도시로 간 처녀들〉을 집필함.
기적적인 종교 체험을 함.

"4월 26일 새벽, 하나님께서 내 영안(靈眼)을 여시고 그 분의 하얀 손으로 내 명치를 어루만져 주시며, '누구냐?'고 묻는 내 질문에 분명히 한국말로 '하느님이다.'라고 대답하시는 체험을 했다.
그해 12월 어느 날 이른 아침, 아침 기도 할 준비를 하고 있는데 내 영혼이 내 육체를 떠나 새카만 상태, 즉 하늘(영혼 세계) 속을 매우 빠르게 날아가는 경험을 하였다. 이 체험으로 나는 인간의 영혼과 육체가 나누어지는 현상이 바로 죽음이라는 것을 실감했다. 그리고 아버지의 죽음, 여동생의 죽음에서 절실히 느끼기 시작했던 죽음에 대한 실제적 해답을 얻은 것이었다."

또한 하나님을 만난 후 저절로 술을 끊게 되었고, 기도 끝에 담배도 끊게 되었다. 이후 소설은 쓰지 않고 종교 활동에 전념한다.

2003(63세)　2월 어느 날, 김승옥은 승용차에서 쓰러졌다. 소설가 이문구의 장례식장에 가려던 참이었다. 병원에서는 뇌경색 진단이 나왔다. 좌뇌의 3분의 2가 기능을 상실했다. 마비된 몸은 치료 끝에 움직일 수 있게 되었으나 말은 돌아오지 않았다. 이후로는 필담으로 이야기를 주고받는다.

2010(70세)　전라남도 순천에 김승옥과 정채봉을 기리는 순천문학관이 설립되었다.

2013(73세)　순천 KBS 주관으로 '김승옥 문학상' 제정. 제1회 수상자는 소설집 《김 박사는 누구인가?》를 쓴 이기호 작가이다.

2017(77세)　첫 화집 《그림으로 떠나는 무진기행》을 출간함.

1960년대

정치

1960년대는 정치적 폭풍이 휘몰아친 시기였다. 1960년 3월 15일 선거에서 이승만 대통령은 12년간 지속된 장기 집권을 연장하기 위해 유권자 협박, 공개 투표, 부정 개표 등 대규모 부정행위를 저질렀다. 그날 마산에서 부정선거에 항의하는 시위가 일어났는데 8명 이상이 사망하고, 72명이 총상을 입었다. 이에 4

월 19일 시위가 전국적으로 확산되고, 마침내 이승만 대통령이 물러났다. 바로 다음 해인 1961년에는 혼란기를 틈타 제2군 부사령관이던 소장 박정희가 5월 16일 새벽 군사들을 이끌고 서울의 주요 기관을 점령하는 군사 정변을 일으켰다. 이후 1년 7개월간 군정이 이어지는데, 이 기간 동안 반대 세력을 제거하고 중앙정보부를 설치했으며 대통령 중심으로 법을 개정하였다. 마침내 1963년 10월 대통령 선거가 치러지고, 11월 국회의원 선거를 거쳐 12월 17일 박정희가 대통령으로 취임해 제3공화국이 시작되었다. 1969년에는 박정희 대통령의 3선 연임을 위해 법을 바꾸는 3선 개헌이 있었다. 이에 제3공화국은 1972년 10월까지 지속되고, 유신 체제와 함께 장기 집권을 하게 되었다.

사회

군사정권을 반대한 미국의 케네디 대통령은 한국에 대한 무상 경제 원조를 그만두고 차관 형식으로 바꾸겠다고 하며 우리나라를 압박했다. 1960년 당시 한국의 외환 보유고는 2300만 달러에 불과했고, 수출은 3300만 달러였던 반면 수입은 3억 4400만 달러로 매우 불균형한 상태였는데, 이를 미국의 원조로 메우고 있었다. 실업률은 23퍼센트에 달하고, 물가 상승률은 42퍼센트 수준

이었다. 이에 우리 정부에서는 해외에 노동자들을 파견해서 외환을 확보하고 실업률을 낮추어야겠다고 판단하였다. 당시 독일은 급속한 경제 성장으로 특정 산업 분야에서 노동력 부족을 겪고 있었고, 독일과 한국 두 정부 사이의 협약에 따라 광부와 간호사가 독일에 파견되었다. 매월 600마르크(160달러)의 수입을

보장했기에 1963년 파독 광부 500명 모집에 4만 6000여 명이 지원하고, 필기 시험과 신체검사까지 거쳤을 정도로 경쟁률이 치열했다. 이후 1977년까지 15년간 독일에 파견된 광부는 8395명, 간호원은 1965년부터 1977년까지 13년 사이에 1만 371명이나 되었다. 독일 사람들이 기피하던 힘든 곳에서 성실하게 일하며 한국에 송금한 돈이 당시 우리나라 발전의 원동력이 되었던 것이다. 하지만 많은 사람들이 경험이 없는 상태로 파견되었기에, 생명의 위험과 체력적 한계 속에서 매우 힘든 생활을 하였다. 파견 기간인 1963년에서 1979년 사이에 광부 65명과 간호사 44명이 사망한 것으로 기록되어 있는데, 작업 중에 사망한 광부가 27명, 힘든 생활을 이기지 못해 자살한 간호사가 19명이다.

1964년 9월에는 미국의 요청으로 베트남으로 의무 요원과 태권도 교관 파병이 이루어졌다. 베트남은 1954년부터 남북이 대치 상황에 있었는데, 1964년에 미국이 본격적으로 개입하였다. 첫 파병 이후 베트남 정부와 미국 정부의 요청으로 전투 부대를  파병하기 시작했는데, 1973년까지 무려 32만 명의 군인을 베트남으로 보내 미국 다음으로 많은 수를 기록했다. 파병에 대한 경제적 보상은 있었지만, 전사 5000여 명, 부상 1만 5000여 명의 희생을 치르고, 많은 참전 장병들이 아직도 고엽제 후유증에 시달리는 아픔을 남기게 되었다.

문화

최초의 미니스커트가 나온 것이 1960년대이다. 영국의 메리  퀸트가 유행을 이끌면서 미니스커트가 전 세계에 급속도로 유행하게 되었다. 우리나라에도 미니스커트 열풍이 불었다. 1967년 가수 윤복희가 미국에 갔다가 한국에 들어오면서 가져온 미니스커트가 유행의 시작이었다. 급기야 경범죄 단속에 미니스커트가 포함되어 경찰들이 대나무 자를 들고 치마 길이를 재는 진풍경이 벌어지기도 했다.

1963에는 국내 최초의 라면인 '삼양라면'이 출시되었다. 쌀 부족으로 인한 분식 장려 정책의 일환으로 정부 보조금으로 삼양식품에서 라면 기계를 수입해 처음 만든 것이다. 중량 100그램, 10원의 가격으로 출시되었는데, 당시 커피 한 잔의 값이 35원이었다고 하니 커피 값의 3분의 1 정도였다.

도시, 그 쓸쓸함에 대하어

1. 이희재의 〈간판스타〉

1960~70년대, 지방 젊은이들에게 서울은
아름다운 도시였어요. 〈간판스타〉의 주인공
'경숙'은 그런 서울을 상상하며 상경한 아가
씨입니다. 온 동네 총각들의 마음을 사로잡
을 만큼 아름다운 미모를 자랑했던 경숙은
서울에서 좋은 회사에 취직해서 돈을 벌고
고향으로 잠시 내려와요. 모두가 경숙의 아

버지를 부러워하고 경숙 아버지는 한껏 당당한 태도로 동네를 활보
하지요. 훌륭한 솜씨로 유행가를 부르는 경숙의 고운 자태에 동네
청년들의 마음은 불타오릅니다.

　하지만 정작 경숙의 표정은 밝지 않아요. 서울에서의 눈부신 성공
을 부러워하며 취직자리를 알아봐 달라는 친구의 말에 경숙은 그저
쓸쓸한 얼굴로 바라볼 뿐입니다.

　사실 경숙은 서울에서 회사에 취직한 것이 아니라 '동백섬'이라는
술집에서 '진보라'라는 이름으로 일하고 있는 호스티스였어요. 눈부
신 성공을 꿈꾸며 서울로 올라왔지만, 아무것도 가진 것 없는 시골
출신 아가씨에게 서울은 그리 녹록한 곳이 아니었던 것이지요. 화려

한 도시 한편에서 표정 없는 얼굴로 담배 연기를 뿜는 경숙의 모습에서 우리는 서울의 어두운 단면을 그대로 느낄 수 있습니다.

2. 황지우의 〈심인〉

김종수 80년 5월 이후 가출
소식 두절 11월 3일 입대 영장 나왔음
귀가 요 아는 분 연락 바람 누나
829-1551

이광필 광필아 모든 것을 묻지 않겠다
돌아와서 이야기하자
어머니가 위독하시다

조순혜 21세 아버지가
기다리니 집으로 속히 돌아오라
내가 잘못했다

나는 쭈그리고 앉아
똥을 눈다

지금처럼 인터넷이 보편적이지 않던 시절, 신문은 많은 사람들이 정보를 주고받을 수 있는 가장 대중적인 매체였어요. 각종 사건 사고에서부터 '오늘의 운세'에 이르기까지 신문에는 다양한 정보가 있었지요. 그 중 '심인' 란에는 잃어버린 사람을 찾는 내용의 광고들이 실렸는데요, 비용 때문에 대부분 짧은 문장들만 실렸지만 그 사연은 다들 절절했습니다. 가출한 자녀에서부터 실종된 친지, 곗돈을 들고 도망간 계주를 찾는 내용에 이르기까지 광고를 낸 사람의 절실함이 잔뜩 담겨 있었지요.

하지만 그것은 광고를 낸 사람들의 심정일 뿐, 대부분의 독자들은 심인 란을 눈여겨보지 않았습니다. 아무리 절실하다고 해도 그건 그냥 남의 일이기 때문이지요. 갖은 유대와 관계로 엮여 있던 옛사람들과 달리 현대인들은 타인의 고통과 절실함에 민감하지 않아요. 그저 단절된 존재로 각자의 삶을 살 뿐이지요.

〈서울, 1964년 겨울〉에서 세 남자도 마찬가지예요. 연대할 수 없으니 '나'와 '안'에게 사내의 죽음은 큰 의미를 갖지 못합니다. 쭈그리고 앉아 볼일을 보며 대충 넘겨버리는 신문 심인 란처럼 그들에게 사내의 죽음은 오늘 일어난 수많은 일들 중 하나에 불과하지요. 나를 번거롭게 할지도 몰라 "씨팔것" 외마디 욕 한마디를 내뱉게 만드는 그저 그런 일 말입니다.

3. 김승옥의 〈누이를 이해하기 위하여〉

누이는 도시로 갔었다. 어머니와 내가 누이를 도시로 보냈었다. 그리고 며칠 전 갑자기, 거진 2년 만에 이곳으로 다시 돌아왔었다. (중략) 누이는 어머니를 붙들고 소리 없이 울었다. 석유 등잔불의 펄럭이는 빛이 그들의 그림자를 더욱 쓸쓸해 보이게 했다. 왜 저를 태어나게 했어요, 라고 누이는 말했다.

고향에 돌아온 누이는 아무 말도 하지 않다가 어머니에게 원망의 말을 전해요. 이에 누이의 귀향과 침묵이 모두 서울에서 겪은 어떤 일 때문일 것이라 생각한 '나'는 직접 서울에 올라가 그 이유를 찾아보려 합니다.

상경한 '나'는 서울에서의 힘겨운 삶을 통해 어렴풋이 누이를 이해하게 돼요. 하지만 그 와중에 서울에 휩쓸린 '나'는 다시 고향으로 내려가지 못합니다.

어느 날 고향의 어머니께 보내고 싶은 마음 간절했던 편지의 한 구절 – '실은 의사(醫師)가 되고 싶었는데 병자(病者)가 되어버렸어, 라고 힘없이 말하며 병들어 죽어간 친구를 오늘 보고 왔습니다.'

서울은 그렇게 무서운 곳이에요. 의사가 되려는 이를 병자로 만들어버리는 절망의 공간이지요. 꿈 많은 여인을 할퀴고 물어뜯으며, 글을 쓰려는 순진한 작가 지망생을 타락한 난봉꾼으로 만드는 곳입니다. 〈서울, 1964년 겨울〉 속 서울과 비슷하지요.

하지만 〈누이를 이해하기 위하여〉는 조금은 따뜻한 여지를 남깁니다. 누이는 상처받은 마음을 고향에서 치유받으며 결혼을 하고 아이를 낳아요. '나'는 비록 서울에서 벗어나지 못하지만 고향의 누이에게 축전을 보내지요. 그들은 서울을 겪었거나 겪고 있는 중이지만, 순수함을 회복하고 있거나 그럴 가능성이 있는 존재들입니다.

4. 신경숙의 〈외딴방〉

> 서른일곱 개의 방이 있던 그 집, 미로 속에 놓인 방들. 계단을 타고 구불구불 들어가 이젠 더 어쩔 수 없을 것 같은 곳에 작은 부엌이 딸린 방이 또 있던 3층 붉은 벽돌집. (중략) 거기였다. 서른일곱 개의 방 중의 하나, 우리들의 외딴방. 그토록 많은 방을 가진 집들이 앞뒤로 서 있었건만, 창문만 열면 전철역에서 셀 수도 없는 많은 사람들이 쏟아져 나오는 게 보였다. 구멍가게나 시장으로 들어가는 입구, 육교 위 또한 늘 사람으로 번잡했었건만, 왜 내게는 그때나 지금이나 그 방을 생각하면 한없이 외졌다는 생각, 외로운 곳에, 우리들, 거기서 외따로이 살았다는 생각이 먼저 드는 것인지.

시골에서 상경한 소녀가 낯선 서울의 가리봉동에 있는 외딴방에 살고 있어요. 누나밖에 모르는 남동생이 있는, 사랑하는 다른 가족들이 있는 시골의 가난한 삶에서 벗어나 돈을 벌고 작가가 되겠다는 꿈을 안고 낯선 서울로 올라왔지요. 낮에는 전자 공장에서 일하고 저녁에는 산업체 특별학교인 영등포여고에서 공부하며 밤에는 서른일곱 개의 방이 모여 있는 외딴방으로 돌아오는 삶을 살아가고 있습니다. 열악한 노동 환경에다 밤에는 공부까지 해야 했던 힘든 삶이었지만, 그녀는 외롭지 않았어요. 가족에 대한 책임감과 사랑만으로 자신의 꿈을 접고 가족을 위해 살아가는 큰오빠, 티격태격하지만 공장에서도 학교에서도 언제나 함께였던 외사촌 언니, 작가가 되는 꿈을 포기하지 말라고 자신을 붙잡아 주던 국어 선생님이 있었기에 힘든 상황에서도 서로를 의지하면서 외딴방에서의 삶을 버텨낼 수 있었답니다.

그러나 아랫집에 살던 희재 언니의 자살은 소녀에게 커다란 마음의 상처가 되어버려요. 희재 언니는 사랑하는 사람에게 외면당하고 지긋지긋한 가난 때문에 쓸쓸히 죽음을 택했습니다. 〈서울, 1964년 겨울〉에서 사내가 외로움과 쓸쓸함에 사무쳐 홀로 죽어버린 것처럼요. 하지만 '안'과 '나'가 사내의 죽음을 외면하고 도망 나와버린 것과는 달리, 소녀는 죽은 희재 언니를 아주 오래오래 기억하고 마음에 담아두었어요. 자신이 자물쇠를 잠갔다는 죄책감에 아주 오랫동안 아파하고 힘들어하고 그녀를 기억하고 치유하기 위해 소설까지 쓰게 되지요.

〈서울, 1964년 겨울〉과 〈외딴방〉에는 '방'과 '자살'이라는 소재가 공통적으로 나타나요. 가난과 고독과 절망 속에 죽어간 두 인물, 사내와 희재 언니. '안'과 '나'는 사내를 외면했지만, 15년이라는 시간이 흐른 서울의 어느 날에는 더 이상 타인의 죽음을 외면하지 않는 소녀가 있었습니다.

인물들의 주제곡 고르기

작품을 읽고 그 작품에 어울리는 노래를 골라보는 활동을 해봅시다. 작품 전체를 대표하는 노래도 있고, 등장인물마다 각자 어울리는 노래도 있을 수 있겠지요? 아래의 예를 참고하여 〈서울, 1964년 겨울〉에 어울리는 가사가 담긴 노래를 직접 골라보세요.

1. 작품의 주제곡

〈도시인〉 - 넥스트

아침엔 우유 한 잔 점심엔 FAST FOOD
쫓기는 사람처럼 시계 바늘 보면서
거리를 가득 메운 자동차 경적 소리 어깨를 늘어뜨린 학생들
THIS IS THE CITY LIFE
모두가 똑같은 얼굴을 하고 손을 내밀어 악수하지만
가슴속에는 모두 다른 마음 각자 걸어가고 있는 거야
아무런 말없이 어디로 가는가 함께 있지만 외로운 사람들

어젯밤 술이 덜 깬 흐릿한 두 눈으로

자판기 커피 한 잔 구겨진 셔츠 샐러리맨

기계 부속품처럼 큰 빌딩 속에 앉아 점점 빨리 가는 세월들

THIS IS THE CITY LIFE

⋮

한 손엔 휴대전화 허리엔 삐삐 차고

집이란 잠자는 곳 직장이란 전쟁터

회색빛의 빌딩들 회색빛의 하늘과 회색 얼굴의 사람들

THIS IS THE CITY LIFE

아무런 말없이 어디로 가는가 함께 있지만 외로운 사람들

선정 이유

우울하고 쓸쓸한 도시의 분위기가 잔뜩 드러난 이 곡은 1990년 대에 발표된 곡이긴 하지만 작품 속에서 드러나는 도시의 모습은 1960년대의 모습과 많이 닮아 있다. 모두가 똑같은 얼굴로 서로 친한 척 악수하지만 실제로는 아무도 서로의 마음을 모르는 채로 각자 걸어가고만 있는 도시인. '함께 있지만 외로운 사람들'이라는 표현은 '나'와 '안'과 '사내'에게 대입해도 전혀 어색하지 않아 보인다. 함께 있지만 외로운 그들은 어쩌면 방금 길거리에서 지나쳤던 사람들일지도 모른다. 하지만 그들은 그저 지나쳐 가는 무엇일 뿐, 누구도 서로에게 중요하지 않아 보인다. 노래의 음울한 분위기가 〈서울, 1964년 겨울〉과 잘 어울리는 듯하다.

2. '나'의 주제곡

〈서울의 달〉 - 김건모

오늘 밤 바라본 저 달이 너무 처량해

너도 나처럼 외로운 텅 빈 가슴 안고 사는구나

텅 빈 방 안에 누워 이 생각 저런 생각에

기나긴 한숨 담배 연기

또 하루가 지나고 하나 되는 게 없고

사랑도 떠나가 버리고

술잔에 비친 저 하늘에 달과

한 잔 주거니 받거니 이 밤이 가는구나

⋮

선정 이유

'나'는 '안'과 사내의 중간적인 사람이다. 개인주의적이긴 하지만 그래도 '안'처럼 자살을 예상하고 있으면서도 그 사람을 내버려 두지는 않았을 사람 같아 보였다. 시골 출신으로 육사 시험에 실패했던 적이 있는, 그리고 현재 구청 병사계에서 근무하고 있는 사람이라는 점에서 약간의 소외감과 고독감이 느껴졌다. 하지만 쓸쓸하고 화려한 서울의 밤거리를 돌아다니는 것을 좋게 생각하는 사람이라는 점에서 이 곡을 선정했다. 삭막한 서울의 선술집에서 소주 한잔 하는 '나'의 인생과 이 노래는 분위기가 많이 닮아 있다.

3. '안'의 주제곡

〈죽음〉 - 메이데이

사람들의 죽음이 아무렇지도 않아

너의 죽음보다도 어떤 슬픔보다도

사람들의 죽음이 아무렇지도 않아

그저 내가 죽지 않았음을 안도할 뿐

텔레비전에서는 그저 스쳐 지나고

모두 잘못됐으니 보고만 있으라고

시간이 지나면 모두 모두 잊을 거라고

그저 내가 죽지 않았음을 안도할 뿐

우리를 죽이는 것이 무엇인지 모르고

왜 죽어야만 하는지 왜 살아가고 있는지

사람들의 죽음이 아무렇지도 않아

그저 내가 죽지 않았음을 안도할 뿐

사람들의 죽음이 아무렇지도 않아

너의 죽음보다도 어떤 슬픔보다도

사람들의 죽음이 아무렇지도 않아

그저 내가 죽지 않았음을 안도할 뿐

선정 이유

'안'은 개인적이고 현실을 차갑게 바라보고 있는 인물이다. 그리고 하룻밤을 함께 지낸 사내의 죽음을 목격하고도 얼른 그 자리를 피하려고만 할 뿐 인간적인 행동을 보여주지 않았다. 이런 '안'의 행동은 타인의 죽음을 아무렇지 않게 생각한다는 이 노랫말과 닮아 있다. 철저하게 개인으로만 존재하고 싶어 하고, 타인과 엮이는 것을 거부하고 있는 모습이 이 노래와 비슷해 보인다.

4. '사내'의 주제곡

〈낙화〉 - 자우림

모두들 잠든 새벽 세 시 나는 옥상에 올라왔죠
하얀색 십자가 붉은빛 십자가 우리 학교가 보여요
조용한 교정이 어두운 교실이
엄마 미안해요
아무도 내 곁에 있어주지 않았어요
아무런 잘못도 나는 하지 않았어요
왜 나를 미워하나요? 난 매일 밤 무서운 꿈에 울어요
왜 나를 미워했나요? 꿈에서도 난 달아날 수 없어요
사실은 난 더 살고 싶었어요
이제는 날 좀 내버려 두세요
사실은 난 더 살고 싶었어요

이제는 날 좀 내버려 두세요
사실은 난 더 살고 싶었어요
이제는 날 좀 내버려 두세요

모두들 잠든 새벽 세 시 나는 옥상에 올라왔죠
하얀색 십자가 붉은빛 십자가 우리 학교가 보여요
내일 아침이면 아무도 다시는 나를 나를……

선정 이유

사내는 누군가에게 자신의 아픔을 토로하며 위로받기를 원하고 있
다. 비록 곁에 낯선 사람들밖에 없지만 그들에게게라도 자신이 느끼
는 고통과 죄책감을 털어놓고 싶어 했고, 그들이 자신과 함께 있어
주기를 바랐다. 하지만 '나'와 '안'은 그런 사내의 마음을 알아주지
않고 그를 홀로 여관방에 두었다. 결국 인간적인 위로를 받지 못한
사내는 자살이라는 극단적인 선택을 하고 만다. 이 노래 역시 학교
폭력으로 고통받은 학생이 아무도 곁에 있어주지 않는 외로움에 자
살을 선택한다. 절대 죽고 싶어서가 아니었다. 꿈에서조차 괴로움이
이어지는 그 고통을 끝내고 싶었던 것이다. 삶의 괴로움에서 벗어나
기 위해 자살을 선택한다는 것이 소설 속 사내와 닮아 있어 이 곡
을 선정했다.

참고 문헌

도서

곽백수, 《가우스전자 3》, 중앙북스, 2013.

김승옥, 《김승옥 소설 전집》, 문학동네, 2004.

김정형, 《20세기 이야기 – 1960년대》, 답다출판, 2012.

마르탱 모네스티에, 《자살백과》, 새움, 2008.

오진탁, 《자살, 세상에서 가장 불행한 죽음》, 세종서적, 2008.

유근호, 《60년대 학사주점 이야기 – 4·19세대의 시대증언》, 나남, 2011.

유형근 외, 《자살하려는 아이들》, 학지사, 2012.

한국정신문화연구원, 《한국민족문화대백과사전》, 1991.

연구 논문

강운석, 〈60년대 소설 연구 (1) – 김승옥 론〉, 《숭실어문》 14, 숭실어문학회, 1998.

곽경숙, 〈《서울, 1964년 겨울》을 통해 본 인간의 의사소통 양상 연구 – 작중 인
　　　　물 간 대화 행위를 중심으로〉, 《현대문학이론연구》 42, 현대문학이론학회,
　　　　2010.

곽상순, 〈김승옥 소설의 타자성 연구 – 〈차나 한잔〉과 〈서울, 1964년 겨울〉을 중
　　　　심으로〉, 《어문연구》 36, 한국어문교육연구회, 2008.

김혜련, 〈《서울, 1964년 겨울》의 문체론적 분석〉, 《동악어문학》 30, 동악어문학회,
　　　　1995.

송준호, 〈《서울, 1964년 겨울》의 상징론적 해석〉, 《한국언어문학》 46, 한국언어문
　　　　학회, 2001.

송준호, 〈김승옥의 〈서울, 1964년 겨울〉 연구〉, 《현대문학이론연구》 29, 현대문학
　　　　이론학회, 2006.

장석원, 〈김승옥 소설의 문체 연구 – 〈서울의 달빛 0장〉, 〈무진기행〉, 〈서울, 1964
　　　　년 겨울〉을 중심으로〉, 《어문논집》 52, 민족어문학회, 2005.

최인자, 〈김승옥 소설 문체의 사회시학적 연구〉, 《현대소설연구》 10, 한국현대소설
　　　　학회, 1999.

선생님과 함께 읽는 서울, 1964년 겨울

1판 1쇄 발행일 2014년 10월 27일
1판 5쇄 발행일 2021년 4월 19일
개정판 1쇄 발행일 2025년 1월 13일

지은이 전국국어교사모임

발행인 김학원
발행처 (주)휴머니스트출판그룹
출판등록 제313-2007-000007호(2007년 1월 5일)
주소 (03991) 서울시 마포구 동교로23길 76(연남동)
전화 02-335-4422 **팩스** 02-334-3427
저자·독자 서비스 humanist@humanistbooks.com
홈페이지 www.humanistbooks.com
유튜브 youtube.com/user/humanistma **포스트** post.naver.com/hmcv
페이스북 facebook.com/hmcv2001 **인스타그램** @humanist_insta

편집책임 문성환 **편집** 윤무재 **디자인** 김태형 유주현 김미경
스캔·출력 이희수com. **용지** 화인페이퍼 **인쇄** 청아디앤피 **제본** 민성사

ⓒ 전국국어교사모임, 2025

ISBN 979-11-7087-282-5 44810